湖山感旧录

雪克 著

中华书局

图书在版编目（CIP）数据

湖山感旧录/雪克著. —北京:中华书局,2021.2
ISBN 978-7-101-15050-6

Ⅰ.湖… Ⅱ.雪… Ⅲ.回忆录–中国–当代 Ⅳ.I251

中国版本图书馆 CIP 数据核字（2021）第 007909 号

书　　名	湖山感旧录
著　　者	雪　克
责任编辑	李世文
出版发行	中华书局
	（北京市丰台区太平桥西里 38 号　100073）
	http://www.zhbc.com.cn
	E-mail:zhbc@zhbc.com.cn
印　　刷	北京市白帆印务有限公司
版　　次	2021 年 2 月北京第 1 版
	2021 年 2 月北京第 1 次印刷
规　　格	开本/850×1168 毫米　1/32
	印张 5¾　插页 6　字数 80 千字
印　　数	1-2000 册
国际书号	ISBN 978-7-101-15050-6
定　　价	32.00 元

作者近影（摄于 2018 年 9 月 15 日）

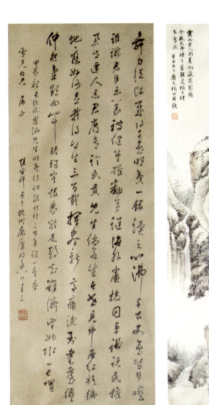

张宗祥所作并书赠雪克之《金缕曲》手迹

严群旧藏陆恢山水图轴，后转赠雪克

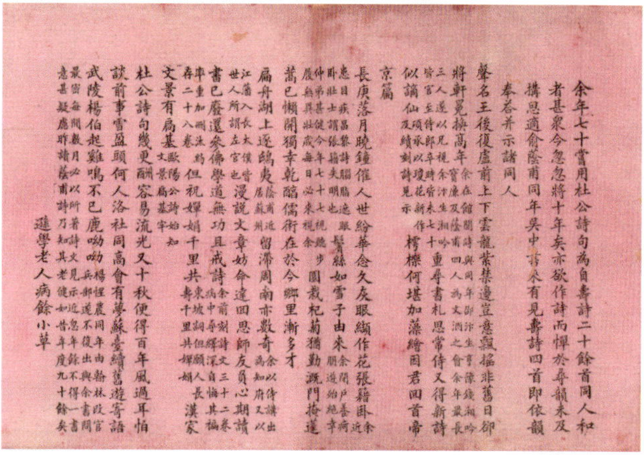

余年七十嘗用杜公詩句為自壽詩二十餘首同人和者甚眾今怱怱將十年矣亦敬作詩丙慻於壽韻未及構思適倉卒雨同年吳中請余有見壽詩四首即依韻奉呈并示諸同人

（中略，孫衣言自書詩稿手跡，行書竪排，字多難辨）

孙衣言自书诗稿。孙孟晋转赠雪克收藏

黄体芳致孙衣言札。"仲容世兄"数行，言及孙诒让就试不中等事。孙孟晋转赠雪克收藏

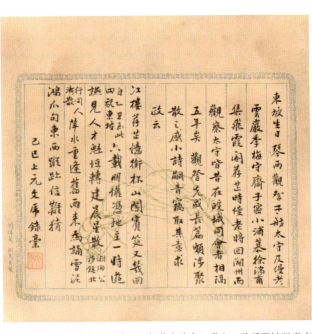

張文虎致孫衣言詩箋，原詩見《舒藝室詩存》卷六。孫孟晉轉贈雪克收藏

浙江师范学院中国古典文学研究班1955年暑期毕业班师生合影。前排左起：盛静霞、焦梦晓、夏承焘、陈立、任铭善、王承绪、王焕镳、胡士莹（蒋遂供图）

《汉语大词典》编辑委员会第二次会议合影，1980年11月于杭州。前排右起第八人为蒋礼鸿，二排左起第五人为雪克

目 录

忆往与怀念

　　——我心目中的任心叔先生 / 1

忆侯官严不党先生 / 12

往事已矣　记忆留痕

　　——重读戴幼和家祥先生尺牍后 / 30

怀念胡宛春、王驾吾二先生 / 42

云从先生二三事 / 51

宛春先生身后事 / 60

迟到的怀念

　　——关于焦梦晓书记的片段回忆 / 64

致山东大学校史组的一封信 / 86

经历车祸 / 93

回顾与思考点滴 / 97

对校刊和学报创始时期工作的一些回忆 / 102

买书记往 / 112

沈文倬、钱南扬、朱季海

　　——"引进人才"的往事 / 121

建所初期参与集体古籍整理项目的

　　一些回忆 / 134

附录　南下纪事 / 147

雪克散篇文章目录（宋希於整理）/ 170

编后记（陆蓓容）/ 175

忆往与怀念

——我心目中的任心叔先生

　　任铭善心叔先生《无受室文存》静静地放在书桌上。几十年前的往事种种，又上心头。

　　先生治学，博贯建极，称誉士林，学人共仰。先生授课，我是堂堂必听。听课之余，时有请益，先生解惑外，尽量指示门径，以金针度人，诲我良多。得此良师，幸何如之。

　　四五十年过去，窃已老迈，面对《文存》扉页遗影，千言万语，欲诉向谁？唯剩默默，唯剩记忆，并不如烟。

一

　　我于1952年院系调整时调来浙江师院。先在马列主义教研室作政治课辅导，时间不长，

任铭善先生

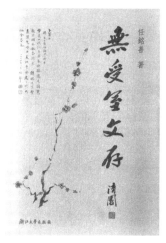

《无受室文存》书影

湖山感旧录

即奉命筹备创办校刊，约两年后又创办文、理科学报。在马列室的主要受益，是结识了前辈名家侯官严不党群先生，并相知日深，深为其专擅之学不能施展而惋惜、兴叹。对此窃另有回忆文字，此不具述。

我与任公的接触和结缘，是从创办校刊开始的。那时他兼任学校副教务长（教育系教授王承绪先生亦兼此职），参与领导全院的教学工作。校刊和学报的创刊，均得到他诸多热情关怀与具体指导和帮助，敬业精神，令人感念。其间详情，我已有专文，刊登在《杭大校史通讯》（第四期）上，这里就不再重述了。

他终日虽多忙于院事，但作为中文系资深教授，又是划右前省民主促进会副主委和省政协委员，所有这一切，并没有影响他的教学。他在系里，先后为专本科生、研究生开设多门专业课程，大受学生欢迎。有四件事，至今印象清晰：一是有一天（忘记时日，约1954或1955年）偶见报载科学院长一篇学术文章，引

《尔雅·释鸟》之"凫雁醜",大谈凫雁如何之丑恶难看。按:《释鸟》这段文字,连书"鹊鵙醜"、"鸢乌醜"、"鹰隼醜"、"凫雁醜"与"乌鹊醜",由"鹊鵙醜"书首,说"其飞也翪",依次而下:"其飞也翔"、"其飞也翚",至于"凫雁",则说"其足蹼,其踵企",也不过记其脚趾间有薄膜相连,飞起来要伸直脚跟。《尔雅》所记几种不同鸟类,说的都是它们各自的飞行状况。至于"醜,类也"之训,向为习学之士所素知,与美丑何涉?颇疑一代权威何以至此,跑去领教任公。先生借以告诫:"学术来不得半点含糊,一字之诂你就比他高明。观点可以有异,基础知识不容阙失。"

再一件事。1956年我已调中文系,以夏瞿禅承焘师助手身份,为古典组助教。时系里举办教师科研成果展,发表者,或专著,或单篇;未发表者,或稿本,或散札,所在多有。任公主其事,亲笔绍介、说明,并定要我把孙籀廎公《白虎通校补》,连同我的"补校",作为

《〈白虎通校补〉辑补》（全稿皆径校在卢文弨本上，未作移录），予以展览，一再辞谢未成，终于展出。当时展出者，年青助教的成果是不多见的，所作评价，更是愧不敢当。其实我心里明白，任公看重的不会是这一点成果，而是读懂古书，当从字、词、句入手，重在识文字、明训诂、辨讹误之基本功也。

第三件事。六十年代，系里接受任务，委派任心叔先生铭善、蒋云从先生礼鸿，和祝鸿熹、曾华强四位赴沪，参与在上海浦江饭店修订《辞海》。沪上人才济济，名流会聚，好像有的人并不太突出。任、蒋二公，加上南京大学的洪自明诚先生，人称三把刀子，修改定稿毫不妥协。哪把刀子一认真，问题差不多就解决了。任、洪两位虽出言谦逊，但是非问题，同样决不让步。我有较短一段时间，临时在沪参与此役，耳濡目染，获益匪浅。我接触认识洪自明公就是从这时开始的。这期间，一天任、洪二公见我暇时在读惠氏《明堂大道录》，颇为惊嗟。交谈之下，叹今日之青年竟仍有读此书者，二公一时兴起，你一句，我一句，对惠书之得失，对明堂制度在历史上的重要性，及其产生、发展乃至衰亡，句句珠玑，娓娓不倦，谆谆教导，寄予期望，情意切切，至今难以忘怀。

第四件事。任公与云从公过从甚密，关系在师友之间。二公均傲，而云从先生之傲，之目中少人，必得心叔先生之言，方能心服而接受。六十年代任公脱帽后，我初读定海徽季先生《礼书通故》（用的是从图书馆借来的初印本），难题多多，进展缓慢。蒋公问我：近读何书？即以黄书为答。本想获得教益，谁料一盆冷水浇下："这种书有什么学头，劝你不看也罢。"心中不服，又不便申辩，过后曾向任公诉说，任公听罢勃然而起，连呼"岂有此理"而径去。几天后又遇云从公，先生急忙致歉，一再说自己未读礼书，孤陋寡闻，已蒙心叔指责，不胜感激。可你明知其书价值，何不直言相告。我据实回答："先生治学精深过人，我何等样人，怎敢怎敢。"想不到的也是一声叹息，接下去也是一句"岂有此理"，不同的是这句语轻，意在责我，而任公那句则强烈得多，尽显两位真正的学者，在学术面前心怀坦荡，一是一，二是二，并不掩饰，令我肃然起敬。这种精神，在当时已不多见，时至今日更是早已难觅踪影了。

二

回顾任公前尘，回避不了"文革"期间遭受的苦难。当时我与任公同样受难，他死于造反初期的1967年，受罪时间虽不算太长，也够刻骨铭心的了。在此，仅记两三件事，已足可见任公的道德、人品。

造反军兴，不少老教师被划为另类，整天集中在会议室学"语录"，考虑问题，等待批判。一天，专门开任的批斗会。一位本系学子指鼻大吼："你是什么专家、教授，完全狗屁不通!"我一愣，倒想听听。"家里抄出一堆'引索'(注意：不是'引得'或'索引'，看来这位是把'索引'二字看倒了)，这是什么东西，文不成文，句不成句，有什么学问，假学者必须揭穿!"批得任公低头唯唯。会后我私下对心叔先生说："我有话，闷在肚子里，也想批先生几句，不知……"话没说完，先生连称洗耳。我说："先生桃李满天下，名声在外，授课多门，时时涉及版本、目录、校勘以及工具书使用之学，何以堂堂中文系学子竟连索引为何物都一无所知，闹出了笑话，岂非先生罪行一桩?"先生忙称："口服心服，惭愧，惭愧。""一下午的会，就你这几句中听。"彼此一笑了之。

有次，我亲眼得见，红卫兵在公共场所强制先生下跪，先生宁受打骂，终不屈从。一颗头颅，起来按下，按下起来。口称："这是封建余毒，绝不是毛泽东思想!"义正辞严，毫不含糊。旁观的人，除已疯狂者外，哪一个不是既担心又敬佩。

最后，还想说一说杭州大学于"四清"、"文革"前夕编印《孙诒让研究》专刊，涉及任公的一些有关史实。

一是，该刊收入心叔先生《籀廎〈白虎通德论〉校文题记》译文，籀公校文原本，当时已被校图书馆封存，无从得见，任公所用乃我之过录补校本，即曾在系内展出者。该文已收入《文存》。

二是，这个专刊，是当时学校举办系列纪念孙氏活动的一项最终成果。整个活动，均经校党委批准，由分管副校长林淡秋领导。此刊的组稿与编纂，主要是我协助沈凤笙文倬先生进行并刊成的。原请姜公亮夫先生撰作"前言"，先生欣然应允，洋洋洒洒下笔万言，对籀公经子训诂、考据之学的成就，以及甲、金文字研究之功绩，作了高度评价，是可为专刊生色。鉴于当时形势日紧，山雨欲来风已满楼，印行与否，莫不疑虑重重，心神不定，终经林副校长一言定音：别说研究历史人物孙诒让，即便是蒋介石，五十年后也是学术问题。斩钉截铁，振聋发聩，他的形象在我的心目中立刻更为高大了起来。根据他的意思，为了保护姜公免受批判，撤下"前言"暂不刊发，改请任公心叔先生赶写一篇字数不超过一页，既有肯定又指出局限的简而又简的介绍性文字以充当之。任公提笔立就，知其事者以为总可过关了，谁料文中的一句话闯了大祸（说孙诒让站在地主阶级立场上，对农民起义采取了敌对态度。大意如此，仅凭记忆，未查原刊）。为了这句话，籀公成了镇压农民起义的刽子手，林副校长为此被专题批斗，罪上加罪，获阵阵"罪该万死"的吼声。任公在诸多"罪行"上又加上了这一条。而我竟成了热衷复辟的急先锋，一只大白天过街的小老鼠。

往事已矣，不堪回首。是回归正常，还原任公这位英年早逝、一代学人真实面貌的时候了。任公安息吧：冤案早已昭雪，治丧亦够规模，遗著业已结集，子女博学多艺，事业有成，没有什么不放心的了。安息吧。

　　　　癸巳处暑前二日撰作，寒露间修
改，时年八十有七

忆侯官严不党先生

　　先生名群，字孟群，号不党。名门之后，侯官严复侄孙。司徒雷登主政燕京大学时为该校讲师，值陶秋英师母（姜亮夫先生夫人）毕业于燕大，有当年拍摄之师生与校长合影照收藏于严府，是余所亲眼目睹者。先生与浙大校长竺氏可桢为世交，竺为父执辈。公告我，彼受聘浙大教授后，每与竺以公相见，竺称之为"严教授"，公报之以"竺校长"；私觌，竺称之曰"世兄"，则必尊之曰"老伯"。毫不失礼数。

　　我1952年院系调整时随焦梦晓书记来到新合并成立的浙江师范学院，先分配在马列主义教研室担任政治课辅导工作。严公是本室唯一教授，也是我在浙师最早接触到的教授先生。先生是一代古希腊哲学史名家，通古希腊文，

严群先生

兼通梵文、希伯来文、马来文、泰文等多种域外文字，学贯中西。可这一切，在新成立的浙师，实无用武之地，只开点逻辑学以充工作量而已。时，公住杭州市内，有课必先乘公交到六和塔老之江校区马列室，就早餐、中餐于食堂，且十分节俭，每以几分钱的蔬菜佐食。当时教授先生的薪酬不薄，我不明所以，因问之。公曰："家累甚深，不堪重负。三个儿子，均染肺疾，与家人隔离，而三人之间也须隔离，医疗、生活，捉襟见肘，唯靠内人操持家务。"闻之默默，无言以对。

与公接触虽早，但随我工作变动，改办校刊、学报，后又担任专家助手，执教于中文系，公住市区，我住校舍，多年来一直很少谋面与联系，也不记得学报发表过他的文章。

一

我与公私下多有接触，是从公搬家到杭大

新村后开始的（不记得是哪一年）。这期间，时相过从，都是或蒙召唤，或登门请益，公很少来我家。这是因为他住两大一小间（新村教授级住房，早已分完入住，公搬来晚，只能降格落实在讲师级宿舍），家中老伴外，只有女公子严自迩女士，有客来访，不难接待。我则只有一大一小间助教级住处，一家老小，难以入坐与客人交谈。有几件事，至今记忆犹新。一次公告我，杭州市准备接待外国贵宾，事前，有关部门来人咨询于公，曰："市里已做好准备：一、所有贵宾经过之道路，二十四小时派人不断清扫，要求不能有一片落叶。二、道路两侧，隔一段距离，各设一吐痰用盂，以备用。"并问还有何事考虑不周，公唯唯，连称周到而罢。可却对我说："哎呀老兄（公对晚辈知己私下均用此称，对无交往者概以'同志'称之），树叶自落，自然景象，从没见到过西方哪个国家有此要求；至于痰盂，也是笑话，外国人如有痰，从不吐在地上，都是用自备手帕，事后自行处理。如此多的痰盂，岂非自显'病夫'形象？"我未加思索，径问："何不直言相告？"公曰："公然扫政府之兴，我辈怎敢，必须慎言哪！"这倒是要认真想一想了，按照自己受到的马列教育，阶级、立场和方法，如何回答为宜，总是理不出个头绪。回到现实，换位是我，面对政府种种准备均已落实，此情此景，也只能连称"周到"了。

再一次，公向我谈到彼留学美国，正是他的家严留美的城市，事已过多年，原街道、门牌、名称等等多有改变，两次寻找旅居原址均未果，无奈之下，只好打通市长电话。市长亲自问话，已让他倍感荣幸，当公告知市长后，市长谦恭有礼："请稍候，容我查对。"不一会，就明确告诉了现在的名称和地址。公对我感叹："老兄，旧时国民党市长高高在上，哪里会理会小民的事，就不必说了。这位美国市长算不算为人民服务？"我虽然约略懂得为人民服务的主旨在人民的根本利益上，并非专指个人，可总感两者之间不能割裂，一时之间，想不清，道不明，也只能又一次唯唯而难言了。

还是这一期间，公谈到他在美留学住学校公寓，楼上是一位美籍权威教授，夜间常常声响甚大，让人难以安眠。可自己乃学生身份，不便当面与之交涉，乃向校方管理人员反映，不料当晚就做了改正，第二天教授亲自登门道歉。

二

与公接触最多、相知日深是在"文革"动乱间，彼此境遇相同，身份相当，批斗、牛棚，各有经历。牛棚被关，失去行动自由，自然无缘会面，一段时日后，二人分别被放回家中。我年轻，多于严公的是在校内挖防空洞多年，公以年长，得免于此役，又没去过农场，算得上体现了一种政策精神。这是幸事，却难以弥补多年积累尚未付梓的大量译稿几乎全部被毁的内心伤痛。

"文革"中及以后，可记述的事不少，持其要者，略述如下：

一是二子刚、健，1966年"文革"兴起，一个七八岁，入读小学的年纪，一个只是三四岁的幼童。造反，破四旧，揪斗"牛鬼"，社会动荡，无所适从。大的虽入小学却难以静心读书，小的送进校办幼儿园半托。怕孩子学坏，又无其他办法，只好下学后尽量让他们呆在家里，带在大人身边。一年一年熬过去，随着孩子的逐渐成长，家长遂引导其习练书法。一个练颜，一个习柳，间临《兰亭》、《圣教序》，老大尤肯下功夫，老二则颇有灵气，三两年下来，就有模有样，颇为可观。严公知道后，甚然之，对二子习作，赞赏不已，并谓书画同源，既已有书法基础，当进而学习六法，自可相互促进。以习六法，无师虽可以从《芥子园》入手，但仍以有师授为佳。严公亲自出面，引二子拜书画名家楼辛壶哲嗣浩之（步辛）先生为师，每星期两次来家授课，传授绘画理论和技法，习学山水。刚学四王、子久，健则四王外，致力于半千。楼师分文不取。二子习学有年，多得业师及严公鼓励与好评。这期间，时向陆公维钊请益。陆公在杭大是看着孩子长大的，这时他已调入美院执教。鉴于画家大遭无理批判，陆公一再告诫二子，绘画不可成专业，但作为业余却不可忽，为提高个人素养也。嘱二子，专临魏碑，经年后再操画笔，必有更大进益。随着严、陆诸公的教诲、提携，二子书画日有进展，竟各自为严公书"淳斋"二巨字，并合为严公画册页多帧以存念。可惜的是，刚就业、健入高中后，即中辍，刻章也是浅尝即止，只有待退休后再重操旧习，以求修身养性了。

二是"文革"以粉碎"四人帮"而告终，在纷纷落实政策的形势下，一日严公遭其令爱自迩女士召我过府。去了才知道严公"文革"初起被打入牛棚，可那时他已病休有年，拿的是七折病休工资。公，三级教授，在杭州地区的月薪是二百二十元，以七折计，每月要扣

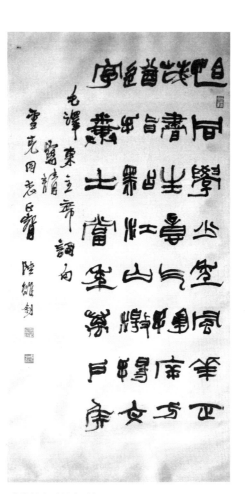

陆维钊书毛泽东词句

六十六元，一年近八百元，十年就是一个不小的数目了。那时物价便宜，大米市斤一角稍多，猪肉斤六七角。关进牛棚，与所有"牛鬼"待遇相同。其他"牛鬼"，早已恢复了原工资，独我严公仍领七折，千思万想，总不能通。为求慎重，把包括身在上海医学院的长子（时已成名教授）、意大利的次子、身为工厂高工的三子，以及在杭的二女和女婿均叫来杭州家中，开了整天的家庭会议，目的就是一个，要不要打报告，要求党委补发工资。人人发言，一致意见，按理当打，可又顾虑，怕再来运动，难逃反攻倒算之罪。严公无奈，问计于我。公思路清晰，开口就是："老兄，请问：'揪入牛棚'，算不算已取消病假，开始工作？如果不算，所有棚内同仁，岂非皆成病休？如算工作，我要求补发顺理成章合逻辑。"我说："'文革'遭难，说不上逻辑不逻辑，就事论事，既然要落实政策，打报告就是了。"针对他全家特别是老人家的顾虑，我反问一句："严公，请你想一想，万一又来运动，即使你这次没打报告，能逃脱得了么?"答曰:"不能!""打了报告，补了钱，顶多'罪行'上又加了一条。不偷，不抢，钱是党和政府补发的工资，怕什么! 如真有这一天，自会有新的走资派在上面担着，再折腾一番罢了。"听了我的话，严公大有所悟，连说:"高明，高明，照打，照打。"家人皆面有喜色，甚以为然。师母在旁，一直没有插话，也频频点头，如沐春风。

接下去聊的都是轻松的话题，公一时兴起:"今后如真补发到手，你功不可没，一定请你的客。"我笑对曰:"无他，一只楼外楼叫花子鸡足矣。"大家一笑了之。

我与那时的学校党委书记是老乡，同时渡江南下，素有接触，讲话随便，不拘礼数。饭后散步相遇，把严公事顺便作了反映。他开口就是:"真他娘的，'文革'造孽呀! 关在牛棚当然算工作，人家能休息吗? 打，我支持，不过学校没有钱，一定转报省委要钱。"见到严的总支书记 (我在政治辅导处宣教科时的同事)，也和党委书记是同一个调子。回头对公一说，更加增强了全家的信心，一心等待省里的拨款。

款迟迟未下发，事过至少两年，我已日渐忘却。一日，晚餐前，忽然敲门进来自迩女士，手提新出炉的两只叫花鸡，留下一只："取鸡前，家严命我先给你送来，趁热吃，补发工资已领到了。我们家还等我开饭呢。"美味吃在嘴里，心里是甜甜的。

三是形势日松，讲话越来越随便。严公喜食油渣，每逢碰到，必给我几片，与他共享。有一次，拿出我在前文提到过的公在燕大执教时与司徒校长的集体照，电影名导演孙道临是毕业生，亦在其中。随即谈到，那时他带过非洲某国的一位学生，该生为总统之子，执弟子之礼甚恭。临毕业回国前，在琉璃厂发现司马光《通鉴》之原稿本，他从书商手里拿来，定要出钱买下，赠先生以留念，公知不可，一再婉拒，始罢。公语我："一个穷教授，积一生之力，也是买不起的。"窃思之，解放前已然，如今拍卖更是天文数字了。

严公富收藏，古今书画名家大件小品有几大木箱之多，梅雨过后分批晾挂，以防霉变。遇有此事，公总是呼唤刚、健抬箱收拾，并亲自讲解，析辨真赝，藉此二子与余颇开眼界。当今名家之作，尤以北溥（心畬）与黄宾虹为多。五十年代公与黄氏比邻而居，过从甚密，随手相赠，精品不少。自迤女士告我，公病重期间，惜有散失。

公善行草，师母工楷书，先严公而驾鹤仙逝。两位多有墨宝相赠，珍藏至今。有一事，附记于此：一日，与公闲聊，忽接信息，孙道临来谒见老师，并有记者陪同采访，我当即告辞，公留客，知不可，遂离去。

三

随着社会的稳定与宽松，严公越来越想做点事情，带几个学生。窃亦感同身受，可杭大

严群书陆游《秋思》

实无条件，又无可奈何。正好我有出差北京的机会，公拟让我代他与老友社科院哲学所所长贺麟（海内外黑格尔研究权威）和民族所所长翁独健（一代民族学权威）做些沟通。临行前公当着我的面给两位写信，称我"挚友"，一见之下，连忙表示："我是晚辈，怎好如此相称!"公曰："老兄不知，正是如此称呼，老友才无所顾忌，能坦诚交流。"我也就不便再坚持了。

到了社科院大员贺宅，始知京杭一例，原专家、教授居室皆因"革命"，硬"造反"进来一户，一套房子本来就不大，强分成两家，都小得可怜。联想到严公又何尝不是如此。一代学人贺公竟坐在床边授课，对面一位学子坐在单人沙发上听课、记笔记。开门见此场面，真是进也不是，退也不是，赶紧表明来意。幸好贺老连忙下课，送走了学生，我才有了立足之地。连忙问候先生起居，先生则急切欲知严公境况，略述过后，先生以商量口吻："我虽无权无势，可作为所长也能起些作用，你看，把不党先生调来我所，研究外，带两个研究生如何?"我说:"严公已逾古稀，携家带口远迁京都，困难重重，不要说工作，连生活都难安定。"先生以为然。说来说去，终于想出了一个两全之策。由院、所出面，向杭大校方发函，聘严公为中国社科院哲学所特约研究员，并为该所代培古希腊哲学、古希腊文研究生。

正事已毕，忙问贺老近况。先生谈锋甚健，随口说来，并不顾忌，说我晚来了一步，刚刚隔壁邻居钱默存锺书先生家与合住者又闹了一场，让人家把桌子都抛在了楼下。幸好京师人文社科界有两位享受副部级待遇，一是钱，另一位是顾颉刚先生，他们二位的住房已重新安排，近日即可迁入新居，自可免受此苦了。当我问及贺老住房问题时，先生表示，欠账太多，返还原居、迁走合住者为时总不会太远。问到住室如此狭小、简陋，外宾、海外学人来访，如何接待。"这事，上边有明确规定，一律去星级宾馆访谈、住宿。"说到这里，先生一笑，讲也有遇到麻烦的时候：有一位当年与他同时留学的老友，解放后，一直无固定职业，生活困苦，衣食难继，可海外有的学者并没有忘记他。一次，一位海外名家来京访问，受到政府部门的高规格接待。活动中，向政府部门提出要拜访这位先生，并坚持要登门拜访，回以可在宾馆叙旧，彼不允，认为如此做法不合礼数。一时间难倒了接待人员。再说大陆这位先生，家徒四壁，衣衫破旧，如何待客？经批准，匆忙间搞了一套公寓，家居用品，一应配齐，新做西装领带、鞋帽等等，样样俱全。可这位先生却拒绝不去，决意在陋室中会友。经多位相劝，领导表态，这套新房，他可以多住些时日，外宾走后不会很快收回。问题总算有点勉强地解决了。

拜望贺公，家中仅公一人，未见家属，初次晤面，不便询问，可谒见翁独健老，情况就不一样了。翁家不住大院，记得是在天安门广场不远处，旧时平房，面积不小，老少三代，气氛融洽。老夫妇平易近人，慈祥可亲。家中正煮番薯，师母忙拿两块给我，说这是照顾老头子的特供品，家人都不吃的，毫不见外。当翁老得知严公的近况及贺老的谋划时，连说："好，好！"随即叹曰："我们这些人都老了，他俩，一个黑格尔，一个古希腊，硕果仅存哪。"其实我心里明白，一代民族学大家，存世者又能有几人呢。

回到杭州，严公满意。随着贺老的承诺很快落实，杭大日益知道了严公的声望与可贵，终于在他的晚年，为国家做出了应有的贡献。

2010年7月初稿
2014年8月修订

往事已矣　记忆留痕

——重读戴幼和家祥先生尺牍后

　　偶检旧时信函，张舜徽、程千帆、周祖谟、吕贞白、王绍曾等已故诸老的来札，又现眼前。其中，戴幼和家祥先生的尺牍七封，封封是一段往事，件件是长者的心愿，事事遵嘱都尽力去办了。办成的，令人欣慰，有的还不失为文坛添了一段佳话；办不成的，让长者失望，窃亦惭愧难安。说来话长，回过头来，就从我与戴公的结缘开始吧。

　　1983年杭州大学古籍研究所建立时，定下了本所的第一个科研项目"孙诒让遗书整理与研究"。窃以为，这是很自然的。孙家玉海楼藏书，特别是籀庼公之稿本、批校、题识本，不下百余种，解放前已入藏浙大，解放后在院系调整时转入杭州大学，并已有专刊《孙诒让研究》印行，辑校专著也即将面世，自有全面落实这个项目的优势。

为此，首任所长姜公亮夫师嘱我草拟了整理与研究规划，并派我于当年9月9日向华东师大戴幼和家祥教授求教，听取意见。先生，一代古文字学硕老，与姜公同出清华研究院四大导师门下。初次登门，未免忐忑。相见之下，亲切如故，大家风范，平易近人，毫无架子。我很快就打消顾虑，放松了下来。先生与孙家同乡，又沾亲带故，对籀庼公经子训诂考据、甲金文字之学了如指掌，娓娓道来，真知灼见，如数家珍。心系籀公遗书，尤重未刊稿本、批校题识，说到孙氏生前未能刊印的《述林》时，强调整理斯著，当从静安先师所言，以经、子、文字考释论学之作为本，他类文字二十多篇，可删削另编。顺着长者思路，谈到姜师欲烦先生理董《名原》事，公叹曰："早年初校补字四百有余本，已寄朱耘僧芳圃兄请益，久借未还，业已湮坠。另一初校补字底本，是1927年

雪克同志：别怼经岁，时切驰思。近想
整理先贤遗稿，日不暇给，昨承　惠寄瑞
安孙君士毅经注疏校记，当即读完，辑点统
明严佩，心思缜密，考定精审，上有功于先哲，下
有裨于来学甚盛。此外诸程自可陆续刊出，仍
望先读为快也。健年于友人处见有浙江图书馆
所编印孙君纪念册，甚朝寝，易觅得，乞以二册赐
寄为感，苏州推著一程求　教并候　起居舞微上

荛夫先生眠食何似，时在念中，前呈　推著　奉寄不知如何
时得达便，乞代致意问候，冬寒尤望加意摄卫也。

张舜徽先生1985年12月来函。信中所述"孙君纪念册"乃杭州大学编印，与浙江图书馆无关。笔者已将自藏的一册奉寄长者

寅恪师所命校录者，今亦存佚不明。窃已年迈，另起炉灶，纠误补阙，实在是难为其役的了。"无奈之际，先生忽然想到了什么，随手从书架上取出蒋秉南天枢先生撰著之《陈寅恪先生编年事辑》，从中找到了答案，有了新的希望。时已近十二点，一再留饭，力辞不果，师母下厨，端上汤面，同桌共享。放下饭碗，匆匆带上戴公手书便笺，离开师大一村，乘公交由西向北，绕了大半个上海，赶到复旦大学秉南先生寓所，受到蒋公的亲切接待。先生与姜、戴二公亦师出同门，毫不见外，禀明原委后，蒋公马上四处寻觅，终于在仅容一床的阁楼床底下觅得此本。不敢拖延，只能立即匆匆赶回师大，天已黑了下来。亲手交给戴老，老人面如春风，连声"辛苦"。终日奔波，乏累不堪，回到旅舍，倒头就睡。翌日休闲，四马路上寻旧书，在古旧书店淘得两册。回去后，向亮师交差，所座满意。

半年过后，公据补字本复相勘核，重加校

点，详撰《书后》，就交出了校定稿，终于在1986年由齐鲁书社影印出书，姜亮公所座为书题签。时戴公年届八秩，蒋长于戴，已八十有三。而今戴西归已近二十年，享年九十有二；蒋驾鹤业已近三十年，享年八十有五。面对秉南公传世之作《论学杂著》，与幼和戴公齐鲁本《名原》、学林本巨编《金文大字典》，如梦前尘，已恍如隔世矣。

就这样，与戴公一老一少（我那时已当了二十年讲师，刚评上副教授，也五十多岁了）结了缘，过后虽未能亲聆雅教，再获发振之益，却书信来往，多年未断，情意殷殷，难以忘怀，也成了沪杭两地同门师兄弟之间的通讯联络员。

先生来函，仅书日月，均无纪年。除个别可考者外，多已无从考察。概而言之，约自1984年起至九十年代初这七八年间。以下分类举例略述之：

办成的。

某年6月5日来函，先生言及北京文物局同

意为先师静安先生坟墓立碑，碑文由戴公撰作，想推荐书法名家沙孟海先生写字，嘱我就近代为联系落实。沙公为当代书坛泰斗，是当时西泠印社社长，社会名流，笔润已按字论值，整篇文字，价自不菲。一无经费，私人实难承担。虽有戴公信函，不知二公私交，商洽能否如愿，难以自必，未免心存疑虑。那时，自己正因病住在浙江医院，行动不便，因嘱一位研究生代我趋府拜谒。回告是：沙公一口应允，谓"蒙戴兄看重，能为静安先生碑文握管是我的光荣，说什么笔润"。想不到，就这么顺利办成了。闻之甚幸，甚慰。函禀沪上长者，自然不在话下。

没办成的。

某年1月10日公来函，要我寻找原瑞安孙家所藏两件器物，是否现存杭大。略谓，"1956年任心叔兄对我说起这两件青铜器，孟晋（籀廎公哲嗣）表叔捐赠浙江大学"。并告：如在杭大，则设法拍摄一张黑白或彩照寄沪，以应近日所撰《瑞安孙氏两青铜器考释》，附此照交温州师院学报发表之需。窃素知中文系与学校均无器物存藏，唯历史系有文物室，藏国家一级文物数件，还有玉器、钱币、青铜、瓷器以及甲骨片等。心存希望，跑去一看，此青铜并非孙家之器；不死心，又去附近玉泉老浙大，以探究竟。从系到校，老友该校中文系主任热心全程陪同，多处查找，仍一无所获。时心叔先生与孟晋丈均已先后谢世，无人可问，徒唤奈何。这两件器物到底流落到哪里去了呢？至今仍是个谜。

又据考，1995年6月23日来函：嘱我向杭大图书馆商借孙公《籀庼述林》手稿本，或借孟晋公笺校本作一校阅，限期一月归还。用不着向姜师告禀，这是不可能的。玉海楼藏书早已入善本特藏，从不出借，只能依规在馆内专室中查览，想目睹斯作，须先生亲身驾临。回函定使长者失望了。

还有不记得有没有办成的。据考有封1986年3月3日来函，让我代查解放前《东南日报》

1940或1941年在金华版"周末版"发表的王季思先生《白鹃楼印记》一文，并复印一份寄沪。事关先生所编方介堪《白鹃楼印蜕》将由学林出版社印行事，不敢怠慢，放下手头事务，肯定查了。结果如何，怎样回禀，业已毫无印象。其实该著学林并未刊行，而由上海书店出版。其间详情无从知悉，姑将先生原札附上，向读者同道作个交代吧。

质木无文，终勉成篇。意犹未尽，容再赘言：姜、戴、蒋三位先哲已逝，渐行渐远，治学硕果，泽溉后学者，实不可以道里计。说到三位的尊师重道，可称早已与身心融为一体，终身不泯。沪上二公对业师的毕恭毕敬，久已昭明于学界，窃亦深有所感。

在亮师身边数十年，言传身教，振聋发聩，每取以自励。就尊师而言，窃入古籍所后，与先生接触日多，无论因公或私觌，不分场所，只要向先生提到四大导师名讳，先生总是马上起立致敬；居家、住院，病卧在床，也要抬头王亮同志：你好！

我于去年十一月25日因大便出血，住进华东医院，进行手术切除，至本年一月四日出院，情况良好，可释远念。

前星期齐鲁出版社来了一位女同志名严嵩（？）要我为书写一则出版消息，当即匆匆交稿，此书可在本年上半年出版。事后才知道她是严北溟的女公子。严老解放前常在浙江省主席黄绍竑的秘书，掌管浙江日报工作。反右斗争之前在《社联》会议上曾多次见面，但是后来疏了。

另有一件事请你把我打听查看。解放前《东南日报》1940年或者1941年（金华版）有王起（象恩）写的《白鹇楼印记》发表在《周末版》请您派一位年青助手，把它查出来，用请代为复印一份寄给我，印刷费、邮汇上。因我为行楷先代我刻的一百多方印章，选集一部《白鹇楼印选》学林出版社愿为出版，向行楷各东总角之交，他长我三岁，现已卧床不起。1942年我曾为他选辑一部印稿，1944年日寇犯境，遭受

戴家祥先生1986年3月3日来函

失家。他一生作印逾十三万颗，但是为书画家自花己
作的闲章作品，只有刘印怀、吕霞士和我的印章
最为精品。徐震修曾为《白鹃楼印锐》写了序言，
苏渊雷题了诗。李毅夫写了书名，唯冈王蘧常的印文
搁延在篇首。因此很想把这篇文章找到，请
公待到贵神，设店查请，不胜恳愿之至。敬此。即
祝 撰安。
戴家祥敬礼
三月三日

戴家祥先生1986年3月3日来函

示敬；易箦之际，曾陪同外地受业弟子探望，偶及清华先师，先生紧闭的双眼流出了泪水，此情此境，在场者谁不凄凄伤神。

先生还受业于章余杭师之门，语我：曾与同门弟子釄金为先生购买百衲本二十四史以祝大寿，章师告曰：个人读书从不计较版本，二十四史已仔细读过七遍。——见证了一位名副其实的国学大师，令人钦服。

还有一事，姜亮夫先生亲口告诉我的，说他非常敬佩陈建功先生。事情是这样的：上世纪六十年代"文革"前，一次校方召开小规模的高层人士参加事关科研问题的研讨会，中文系姜亮公与瞿禅公应邀与会。当时的副校长陈建功教授乃一代数学大师，他在会上侃侃而谈，声称科学研究是理科的事，自己从来不知道文科还有什么科研！夏公一时没回过神，还没发言，姜公却被激恼了，立马顶了回去：你不知道的事情多着呢！当年清华就有研究院，专务研治国学，一流的科研硕果……霎时间，气氛紧张，另一位学校副座怕会议失控，忙打圆场。可陈老并未发火，"噢"的一声后反而平静下来，认真听了下去，随即说道自己孤陋寡闻，谨致歉意，当场和解。亮公也表达了自己语言不敬的失当，尽显两位学人胸怀坦荡，让我终生难忘。

丙申冬至后三日，时年九十

怀念胡宛春、王驾吾二先生

整理藏书，偶翻两位师长传世之作《话本小说概论》与《因巢轩诗文录存》，几十年前往事又现眼前。记忆尚在，并未如烟，姑从两著的撰作说起吧。

先说《概论》。平湖胡宛春士莹先生，有深厚的中国古代文学功底，尤爱好话本，数十年来，费尽心力，多地多处，书肆冷摊，不惜重金搜集购求；遇有私人藏存罕见之本，辄借而录副，抄录所获亦几盈筐。于是发凡起例，历时十三载，锐意撰成此著，都八十万言，几经修改，1980年由中华书局刊行，被誉为研治话本之学百科全书式的力作。

至于《录存》。南通王驾吾焕镳教授，研治国学广而且深，尤精于先秦诸子、寓言以及

胡士莹先生（蒋遂供图）　　王焕镳先生（蒋遂供图）

唐宋名家，著作等身。此编乃先生身后由亲传弟子水渭松兄主持，多方搜罗其遗文散札而成，2005年由上海古籍出版社出版。

　　胡、王二公先后一年毕业于南京东南大学。任职以来，各有经历，解放后共同执教于浙江师范学院、杭州大学中文系。同窗之谊，时愈久人愈老而弥笃。

　　胡公为人，一生低调，从不张扬。上世纪五六十年代，政治多变，时紧时松。反右后许多老先生均感讲话不可随便，不论私下或公开

《因巢轩诗文录存》书影

湖山感旧录

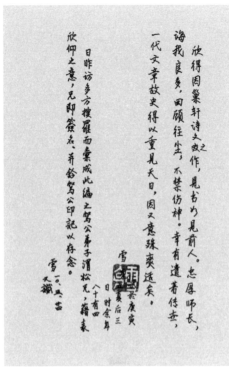

欣得因巢轩诗文遗作，见书如见前人。忠厚师长，诲我良多，回顾往尘，不禁伤神。幸有遗著传世，一代文章故史得以重见天日，因又意珠璇逸矣。

雪克识
庚寅
夏后三
日时余年
八十有四

日昨访多方搜罗而汇成此编之驾公弟子渭松兄，蹈表欣仰之意，兄即签系，并钤笃公印记以存念。

雪克识

《因巢轩诗文录存》雪克识语

场所。一日，胡公低声对我说，有一事不明，想请教一二。我连忙回告："先生有事请讲，何言请教。"先生说："教研室开会，我的发言全是事先抄自报纸，多非己意，何以总仍受指责，让人惶恐。"我心中有数，随口答曰："形势昨、今有变，报纸言论，随之有异，抄报纸不可新旧不辨。先生岂能不知，反右前的报纸言论，有多少不都是成了向党进攻……"话没说完，先生似猛然醒悟，连称"是、是"："哎呀！我有许多是出自多年前的旧报纸。难怪！难怪!"老先生之可爱，竟有如此事者。

再者，在"文革"中，胡公是中文系唯一一位未打入牛棚的教授先生。原因无处可问，窃以为，恐与其一向低调，不为人先，其哲嗣石言同志又在南京军区政治部文化部担任要职有关。这期间，我与胡公曾遵造反派师生之命，代彼等用毛笔抄写大字报，往往会有一人抄累了另一人接抄的情况。我笑对先生曰："您多才多艺，早年所作《霜红词》浸淫于片玉、梦窗，自有风格，已公开出版。又称得上是当代书法家，行草书楷书兼善，和我的字混在一起，真真是倍感荣幸。"胡公一笑："何必过于自谦，你如写得不上台面，他们会找你吗?"弄得我一时无言可对。当时就听说过美院的潘天寿老每贴出检讨交代文字，不一时就被揭走，甚至有人等着揭。那时胡公的手迹也难免会出现这种情况。说句题外话，如果当年潘老被揭走的手迹出现在今天的拍卖会上，能拍出什么样的数字呢? 胡公在社会上的名气虽不及潘老，可他的书法作品也曾在北京、上海、杭州各地公开展览，还出版过小楷字帖呢。

我自上世纪六十年代起，为应教学需要，改攻先唐，尤以先秦为重，遂多承驾吾教授馨欬，日所习者为经、子、古史之编，还时涉考古之学。先生每诫我"不可为古人、古书奴隶，亦不可妄诬古人，拾人牙慧，博取虚名"。驾师待我不薄，事事关心。1957年我与老伴成婚，先生赠我清代名家绘画扇面两帧以为贺，心里暖暖的，多年珍藏在家，惜叹"文革"被抄，从此下落不明。社会平静后偶与驾公言及此事，先生叹曰："家藏册典，普通刊本被抄就不必说了，善本、明刻多部，原璧返还者能有几何呢？已别无长物，写几个字留作纪念吧。"窃素知先生喜翰墨，尤精楷书，多有《石门颂》之笔意。幸得墨宝，装裱一过，藏挂以传家。1962年4月间，先生为纪念杜甫诞生1250周年而作《杜甫颂》，公在教研室会上朗读斯作："太白飞仙姿，语语破空游。少陵一吞吐，真气塞九州。盛名悬日月，谁欲效蚍蜉。我非不崇李，而以杜也优……"一下子就扣动了我的心弦。会后，驾公与我闲话，我笑曰："今日始知，吾公崇杜，乃新形势下之李杜优劣论也。"彼此一笑了之。

公以1943年撰作《南岳国军第七十四军殉难将士公墓碑》，歌颂王耀武率军抗敌，死事者逾万人之功勋，在"文革"中获罪，打入牛棚，受到比众多"牛鬼蛇神"更加严厉的批斗，几遭灭顶，与宛春公之宽松境遇，不可同日而语。

一次在杭州工厂监督劳动，主持者逼迫先生背负百斤重的水泥。老不讲筋骨为能，他已年届古稀，真真是拿它不动重如山。窃亦参与其役，实在看不下去，勉力替公背了一包，惹得监管者怒容满面："你能干，你厉害！"一巴掌打了过来。过后驾公向我致歉，弄得我啼笑皆非，什么时候了，还讲什么礼，说什么情。

棚中人有时会押随革命师生赴外地行动几天。有次留宿农家，应门者为女主人，驾公开口就称"老板娘"，当场开了他的批斗会。事后，先生语我："以何称呼为是？"自忖："老板娘"实属不当，乃资产阶级思想之体现。称"房东"也未必有当，我辈留宿并非租客，而且白住不付分文，如果人家是贫下中农，岂非混淆了阶级界限？称"同志"则更荒唐，我等乃"牛鬼"身份，称他人和自己是"同志"，是何居心！称谓是一门学问，窃所知有限，一时间实在想不出一个适当的称呼，忽然灵机一动，不如什么也不称呼，干脆开门就说："你好，你好。"

雨过天晴，大地回春，粉碎"四人帮"，举国欢腾。先生业绩，重获认同。晚境实可告慰，学术旧著、新撰，或刊行，或杀青，这且不言，值得说说的是驾公已倍受尊重，荣任省政协常委，并承马一浮老后出任省文史馆馆长，等等，参与社会活动，名声在外。

先生早年曾执教于扬州中学，为胡乔木之师。1982年公病重、病危期间，受到胡的关注，得到高规格照料，及至病逝，享尽哀荣，学校也因之增光。

　　　　癸巳春日初稿，戊戌深秋改定，时年九十有二

云从先生二三事

　　回忆与蒋云从礼鸿先生交往，多受先生提携肯定，实愧不敢当。

　　接触最多的是编写《汉语大词典》期间。他是分省主编，统审全省词条，我是杭大编写组成员，以兼省编委，固有审阅本组本省词条任务。我一生干工作，无论本职还是并非本行，都能守住"认真"、"尽力"之底线，从不马虎了事。如今让我参与编写，虽非我所长，既已参与，就要一丝不苟，力求无误。为此，无论看书收词，还是撰写词条，乃至审阅稿件，所引例句皆一一查对，绝不放过；释词必尽量搜集先哲时贤各家之成说，反覆考索，力得确解。凡遇古今有不同意见，比较后，再出己意，并一一记识于原卡片之上。这些资料上报省组后，

中年时期的蒋礼鸿先生

蒋礼鸿、盛静霞夫妇（蒋遂供图）

不少云从先生均能看到，收到了他的肯定与赞赏，是有原因的。不像我组一位外校调来的先生，学术水平颇高，已有相当造诣，不时有一流成果问世，彼编辞书，虽非专长，却亦可称胜任。不料他可能心有他顾，不放弃自己专业，不惟成绩素称平平，有时竟会出现不应有的过错，致使云从先生大为不满，一度曾嘱其学生（博士毕业留杭大组之高足），专门审查其稿件。这期间，有两件事，云从先生弄得我狼狈不堪，下不来台：

　　一是：省里出面，邀请蒋公做编写辞书学术报告。他立于讲台上，台下前两排坐满各地、各单位年长的学者，我时为中年，坐在后排一隅。先生引经据典，意在阐述文字、声韵、训诂之学在编写大型"源流并重"辞书时的重要性。随口讲来，未见讲稿，几次板书引文，觉得没有把握，抛开台下前排诸长者不顾，直点我的名字，径问是否有误。此情此境，真是答然答否都难开口，令人尴尬。

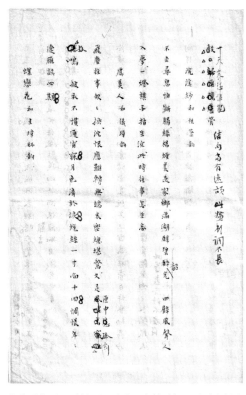

蒋礼鸿抄录《碧筱词》手迹，盛静霞撰，夏承焘批注
（蒋遂供图）

蒋礼鸿抄录《碧筱词》手迹，盛静霞撰，夏承焘批注（蒋遂供图）

二是：杭大组开会向省组汇报工作，云从公与另外一位省组领导参加，杭大组全体人员出席。当组长汇报到任务重、人手少时，云从先生突然发话："不对。杭大组已有七八个人，不少了。盛静霞（云从夫人）只能教教诗词，让她写词条，有什么用！某某人（系领导夫人，大学毕业不久），也弄来编词典，笑话！"说到这里，眼睛扫过众人，不知还要点谁，谁料话锋一转："像雪某人这样的，有两三个也就够了。"被点的人都在座，批也好，誉也罢，谁能下得了台？余下未被点名的，包括组长在内，还不都是讨了个无趣。事后遇到盛公，谈到此事，老人说："我已退休，又是他的老伴，说说无妨，何况是大实话。可对某某人，当场斥白，有何脸面。不看僧面看佛面，是要得罪人的啊！"盛公还安慰我说："你也不必心存忐忑，他一向看重你，说的确是实话。你做人一向低调，改稿、纠错从不声张，组内同人谁不知晓，不必担心关系。"

蒋公之傲，人所共知。1963年左右，有次系教师大会（不记得是什么会了），宛春和云从二先生分坐我之左右，台上一位讲什么话，早已毫无印象。宛春先生耳背，有个"友"字没听清，即低声问我。我也不知怎么了，说个"朋友的友"，不就完了吗，可竟然脱口而出："'侯谁在矣，张仲孝友'之友。"还不知胡听清了没有，在旁的蒋公拽了我一把："我想他听不懂!"我吓了一跳，忙右顾胡公，幸好他面无表情，没听到。想胡公虽以话本小说、戏曲名家，其旧学功底均称深厚，何至于连普通《毛诗》诗句都生疏不解。蒋公之傲往往类此。他对王驾吾焕镳公也有不敬之语。可公之《韩非子选注》出书后，云从先生对其几处疏解，颇为赞赏，从此再无二话，亦见其读书人之性情。

先生为人、治学，一丝不苟。这种作风在牛棚中同样有所体现。他一度对毛选用词有所评析，为此打成现反，监督劳动，常专为某红卫兵（系大二学生）所用之厕所清除小便池之

衣上征尘杂酒痕，远游
无处不消魂。此身合是
诗人未？细雨骑驴入剑
门。放翁诗一绝句书与
雪克老友
雪泾

蒋礼鸿书陆游《剑门道中遇微雨》

污迹。先生总是跪在地上，脸近池底，用小刀片一点一块，尽行刮除，再用水冲得干干净净，真真正正地称得上"刮垢磨光"了。

　　幸而换了代，推行改制，蒋公之学重见天日。先生之"刮垢"，竟成笑谈。余则每语诸生曰："要想学好训诂学，看看蒋公刮厕所。"

　　　　　　　　　　　　2010年7月6日记

宛春先生身后事

我年轻时在中文系，负责治丧事，印象最深者有四次。一次为宛春先生治丧，是和平慧善同志同办。领受任务，非常自然。一次为老孔（成九同志），是校党委找我谈话，我不接受，有情绪，经说服，才同意了。三是为任心叔先生（和语言组袁云同志同办），是自告奋勇经校系同意而做的。四是为校党委焦梦晓书记。

四次中，孔、胡均多有曲折。任颇顺利，未遇麻烦。焦是参与，已有回忆文字。这里说说为胡公治丧种种。宛春公逝于1979年，值其续弦之小女儿高中毕业，按政策可办顶职。时校党委一位分管组织的书记主政。治丧事虽琐碎，皆公事公办，劳力而已，奔走而已，略无难度，无可记述。落实顶职可算得上是重中之重了。一次，为此事我与平兄偕同系总支书记王琦，登门见这位领导。谁料他开门后竟挡在门前，不耐烦地欲拒之门外，我们书记被运动整怕，胆子小，一时间也没敢出声。我心有不满，三人因公请示领导，怎能连门都不让进："有事汇报，总要让我们进门说话！"见挡不住，进得门来，这位书记也不让座，自己一人坐下，云："什么事？"领导既然不讲礼貌，我也只好喧宾夺主，招呼我们王书记坐下。随即我和平兄也各自坐下。他知我等来意后，轻描淡写，推向人事处。我们正为人事处一直强调有困难拖着没办而来，见他作为领导，把皮球踢回去，心里实在不是滋味。

　　怏怏而归，向胡公长子石言同志说明情况。石言同志于抗战初期（1938年）大学毕业后，即在胡公支持下，主动前往苏中抗日根据地参加革命，因奔父丧而专程由南京来杭。他是电影《柳堡的故事》编剧，时任南京军区政治部文化部部长，大校军衔，与当时的浙江省委书记为战友。他听后，随口说："江苏顶职事已成定规，各单位皆一体执行，没有浙江如此麻烦。等父亲丧事办完，本打算去看看老战友，顺便问问浙江的政策，听听他怎么说。"说者无意，可听者有心。告辞后我拉着平兄又去找了我们学校那位书记。正巧，又是这位书记开的门："哎呀，这件事还……"一句话没等他说完，我连忙说道："我们来，不是催问结果，是想告诉书记，不要麻烦学校了，胡先生的儿子说他会亲自去问问省委书记！"闻听此言，这位书记一愣，忙让我们进屋，劈头就问："他儿子是何人？是什么干部？"我知有戏，故作随便，轻描淡写，略加说明。等他明白过来，立即起身，披上棉军大衣，嘴里说着："人事处办这些事情就是拖，我要亲自去省委组织部，请你们转告石言同志，书记那里就不必去了……"就离开了家。

第二天，接到通知，顶职事已办好，孩子

马上可到本校图书馆报到上班。真没想到石言同志一句不经意的话，事情就这样轻易解决了。真是的。

2010年7月8日至7月10日记

迟到的怀念

——关于焦梦晓书记的片段回忆

焦梦晓同志离开我们已经三十个年头了。三十年来不时会想到这位当年的老领导，特别是见到李元忠（他的夫人）和他的子女（他身边有四个儿子），总会想到他，每到医院探望元忠同志，老觉得他也在病房。一直想写点回忆文字，又怕引起旧日的伤痛，身体负担不了。时不我待，不能因循再因循了。

从1949年5月他南下到杭，初任浙干一部副主任、三部党委书记、部主任、干校教育处处长，到1952年全国高校院系调整时，调任浙江师范学院党委书记、副院长，后改任杭州大学副校长，直到六十年代初调省教育厅，十多年来一直在他身边工作。这里要说明，所谓"身边"，只是表示亲切的意思，其实他一直是受人尊敬和爱戴的单位领导，而我那时仅是一般干部、助教、讲师，从领导关系上说，中间隔着一层，是无论如何也不好说"身边"的。

人们都说往事如烟，是的，岁月无情，往事早已成为历史陈迹，像烟雾般消散；可人是有情感、有思想的，凡活着的人，除非他已完全失去了记忆，对那些曾经激励过他、感动过他的人和事，是绝不会那么轻易忘怀的。如今我已是年近八秩的老人了，对不少新读的书和新近发生的事，往往会记忆模糊，可焦梦晓同志从上世纪四十年代末直到1976年逝世，二十多年来的喜怒哀乐，言谈笑语，虽属片断，却总不时地浮现在我的脑海中，有些甚至是刻骨铭心的，又哪里会如烟雾般地消散呢。

对我来说，刻骨铭心的事，可说不少，只能再写回忆文字了。这里只想略举两事，以见他的怒和哀，至于从中不难看出他的人品，他对党的事业的忠诚，以及其他什么的，就不想多加阐发了。

怒。

中文系的任心叔（铭善）教授，是国内著名的经学、文字训诂声韵学家，反右前是学院的副教务长，反右时错划为右派。任的被划，时任学院党委书记的焦是什么态度呢？先说说他当时的处境，我的看法是，上压下顶，他夹在中间。有事实为证。

上压。这期间，我曾在省人民大会堂参加过一个有关反右斗争的大会，会上一位当时的省委负责人作报告，他说了些什么早已毫无印象，可是有几句话，却使我胆战心惊，终生难忘，至今记忆犹新。他说："地球上有个中国，中国有个浙江，浙江有个师范学院，学院有个负责人。焦梦晓同志来了没有？我要问问你：你是要语文（师院人谁都明白，所谓'语文'，指的就是任铭善教授），还是要社会主义！"我不知道听报告的师院人作何感想，反正我是刻骨铭心，至今想起来，身上仍是阵阵寒意。

省委公开在大会上点名，这当然是上压，

而且称得上是"巨大的"。但并不止这些，容我继续说下去。

上压加下顶。这期间，在校内我参加过一次院党委主持召开的中文系青年教师反右座谈会，会议主题是讨论任的右派问题。天哪，这哪里是什么讨论会，在当时社会上和校园中人人声讨的呼声里，任已陷入了人们常说的人民战争的层层包围中，早已有口难辩。面对如此政治高压的态势，还有什么讨论可言，什么见解可讲，不用说，发言完全是众口一词、一边倒的揭发和批判。在会上，我心情矛盾，根据自己对他的了解，按我当时的认识水平，认定他是反党、反社会主义，一时却难以说服自己。我一生，除了被迫，不愿说违心的话，这就难发言了。幸好，会议并不要求人人表态，我可以默不作声。我是群众，不发言可以混得过去，当时只想听听组织的声音，听听学院一把手焦梦晓同志的总结性讲话。

群众声讨，虽可视为下顶，但毕竟无碍。

有党的领导，群众过火，自可说服教育。焦讲话了，他平和地说道："对任铭善教授的右派问题，党委还看不准，要慎重，要研究，今天是听听大家的意见和反映……"几句话就打动了我的心。这就是党的领导，这就是一级领导干部的政治、政策水平。话刚开了个头，就突然被省委派到学校指导反右斗争的宣传部那位副部长打断了。她居高临下，语出惊人，说出了中国目前的形势和她当年在苏联时联共对布哈林集团的斗争惊人相似的话，随即面责焦梦晓书记："任铭善是右派，而且极右，这是明摆着的！到今天还说什么看不准！……"针锋相对，威慑全场。事出突然，我还没回过神来，就被"嘭"的一声震住了。只见焦拍案而起，怒不可遏，回应这位有国际斗争经验的资深副部长："你是省委派来指导运动的，可以不负责任，到时候一拍屁股走人，剩下一副烂摊子，还不是要我们党委收拾!"① 全场鸦雀无声，会议不欢而散，直到走出会场很远，我的心还怦怦乱跳。这是我第二次看到他发这么大的火了，以后再也没有见到过。是他政治修养不够、脾气暴躁么，我从来不这样认为。发火是对还是错，人们自可评说，反正我知道，两次都是他在不同单位主持召开的会议上，上次是平时的汇报布置工作，这次则是在运动中。交锋都是回应，从未先发，而且完全出于公心，并无个人恩怨。过后他与这位副部长是否心存芥蒂，我不知道，不敢妄言；至于第一位当场受到斥责的班主任，浙干三部的老同志都知道，回去他就静下心来，谈思想，挖根源，向党承认错误，口服心服作了检讨。

　　会后几天来我的心一直沉甸甸的，副部长

---

　　①这里回忆的是当时会场的真实情况。直到两年前看到2012年出版的这位副部长的传记，才知道作为建党初期的老党员，她跌宕起伏、大起大落，坚守信念、反思历史的革命一生，令人敬仰。雪识于2015年2月16日。

的态度，划任应是省里的意图，顶撞了她，会有什么后果，我实在不敢多想下去，能做的只能是留心观察运动的发展。谁知过不多久，这位副部长，竟大出人之所料，被划为右派，甚至是极右，一时不明所以，莫测高深。话虽如此，有一点我却明白了：这场运动大非往昔，虽重点在知识分子，但已扩展到党内了。

任终于逃不脱被划的命运。他是怎么被划的，焦经历过什么样的思想变化，我不清楚。可是作为全院教师最多的中文系，一百多位教师连任在内只划了两位，这在全国高校中人们公认也是非常少见的。一把手的焦梦晓同志在运动中起了什么作用，不是明摆着的吗？看来那位高层领导把"社会主义"和"语文"对立起来的提法，是经不起历史考验的。回过头来看当时，我们的书记是既要社会主义，又要"语文"的。其实他何尝是只要"语文"，所有的学科，无论文理他都要，因为他都要，至少是想要，才有了他整个反右、划右期间的审慎态度和低调言行，而这正是他对党负责、对事业负责，尊重人、尊重知识、爱惜人才的思想在运动中的展现，任铭善只是一个突出的事例罢了。

在我的心目中，他严于律己，清廉自守。南下后定为行政十一级，终生未动。这是组织的事，由不得自己，不必说了。知道的是他从未向组织提过，更不要说争了。自己的夫人李元忠同志，也是南下干部，从来是默默工作在干校、学院的普通岗位上，不要说升官，连调级，除非普调，上报到他那里，也被他圈掉。他身边有四个儿子，支农，参军，各行各业，没有一个上过大学，沾过他的光。他的用车，只要顺路，能坐得下，不少师院人不止一次地搭乘过，我也是其中的一个，可是多年来，我没见过一次元忠同志和他的家人坐过他的车。师院五十年代新建的河南宿舍，他主动要了西边套，夏天热得像蒸笼。他以身作则，处处表率，对属下却感同身受，事事关心。我当时刚从山东济南接母亲来杭，虽有对象，却分在两地，尚未结婚成家，与人合住在单身教工宿舍。母亲一时无处可住，暂借住在本单位同志城内的闲置房中，室内床、桌、椅和不少用具大多具备，生活称便。书记知道后，让我尽早申请新村住房。当时新村助教级的房子分两大间和一大一小间两种，嘱我选住两大间者，并亲自联系工会，给予临时经济补助。情意殷殷，感念在心。当时我并未听书记的话，告诫自己理应让大求小，终于住进了小号套房，也是西边套，老少五口，一住就是二十多年。"文革"前，书记已调离学校，杭大统一为领导干部的住房油漆、刷新，他谢绝了后勤部门的好意，为的是不搞特殊。

他深入群众，毫无官架子，对待同志，从班子成员，直到司机、厨工、普工，都是平易近人，和蔼可亲。不用说全院的教授、副教授、讲师和助教，连高年级的学生，他也大多知道他们的系科专业，不少还能叫出名字。这里边有多少动人的故事，我知道一些，但肯定不知道的更多，就不说了。只说两件自己经历的事吧。一是在之江山上时，大概是1953年的大年三十的下午，我独自一个人在韦斋单身教工宿舍中看书，敲门声中迎进了焦书记，嘘寒问暖，诚心邀我去他家过除夕共吃年夜饭，我知不可，当即婉谢。他并不勉强，告我："家里烧了红烧肉，我让元忠给你送碗来。"我是什么人？和他非亲非故，只不过是一般干部，面对此情此境，我是什么心情，当吃到元忠同志送来的红烧肉时心里是什么滋味，我受到了什么样的党的传统教育，我想用不着在这里徒费笔墨了。再一件事大概是1954年，学校为了创办文、理科学报，派我到母校（窃原就读于华东大学文学院，全国院系调整前并入山大）山东大学取经。临行前我到书记家聆听指示。时值严冬，他交代了任务后，随手就把自己的皮大衣披到我身上，说："青岛冷，带上吧，你衣裳单薄，可以挡挡寒。"一股暖流流淌全身，获得的是我一颗向党的心。明白了这一点，就会对在"四人帮"最后横行的时日里为了一个所谓的曾经被打倒的走资派举行的追悼会上，竟从外地来了许多没接到讣告的当年师院的学生，一点也不感到意外了。这些学生是私下相互转告，自愿专程来杭的。我确信，他们当中有人也有自己动人的故事，只是没去搜集罢了。

廉政和以人为本、关心群众的事迹一时是说不完的，其他方面的事迹，也无法在这里回忆，容我概括地再说几句吧：他敬业，敬的是党的教育事业；他勤政，勤到没有节假日，不论白天和夜晚；他忠诚，忠是忠心对党，诚是以诚待人。他尊重知识，爱惜人才。他很少把"为人民服务"挂在嘴边，可是在师院人的心目中，莫不深信他的一言一行，都实践着党的"为人民服务"的宗旨。在这里，禁不住想再补说一件自己经历的事。1956年我调中文系担任助教（一度为专家助手）以前，焦书记亲自交给我一个额外的任务：每年年底前去外地特别是上海替校图书馆购买线装古旧书籍、地方志，以及旧时成套的期刊、杂志等。嘱我贵重典籍，如无把握，可请教姜亮夫教授，由他决断，不必请示领导。他的意思是，事关学术、专业，应该由专家做主。这期间，一次在沪上发现了一部自己从未见过和听说过的抗战前印行的大型精装图册，题名《热河》，检翻发现，有资考证，颇具价值，还有几种明刻、善本，以及稀见版本的方志，一时爱难释手，不愿放过，但售价可观，动用公款，犹豫难决。时已天晚，书贾答应留书一夜于旅舍，如果不收，翌日清晨即将书取走另有买家。急忙间，如何请教亮公，只好硬着头皮连夜去了邮电局给书记家挂了电话（那时师院人只有书记、院长家有电话）。回到旅舍不久，就收到了五个字的加急电报："姜力主购买。"回杭后才知道事情的经过：放下电话，书记就跑到了姜公家，这才有了及时的回电。在这前后几年中，去过上海五六次购书，这是印象最深的一次了。每次采购，书款均以万元计。那时书价便宜，普通刻本大多一两角一册，一部书如果卷帙无多，也就是一元左右，即使善本、明刻，论册不过一元，一部书卷数少者四五元，多则十几、二十几元，上百元的就很珍贵，很难得见了。试想，每次上万元的总价，能为学校收进多少清代顺康乾乃至嘉道以降经史子集四部群籍以及各类丛书、旧籍呢？别忘了这些原刊、翻刻古籍中，除少数精刻、珍本外，在当时大多被认作普通刊本的。多年来，我常想，五个字的回电和它的背景故事，为什么总使我激动不已和回味无穷呢，是不是它也折射出作为一把手的他对工作的热忱和对事业的负责精神呢，是不是也折射出一位高校领导人并没有把自己摆在做官当老爷的位子上，而是和下属平等地各尽其职，服务于人民呢？至少，我的回答是肯定的。

话没收住，说开了，还是拉回原题，再说说哀。

也许从反右开始，他在上级有关领导的眼里就变成了"右"的人物。反右后，不停地运动，他的既坚持党委领导，又团结专家、教授，以及广大教职员工，鞠躬尽瘁、办好学校的理念，不断受到干扰，何止干扰，到了1959年连自己也被送到了挨批判的座位上。这里忍不住想插几句话：我用"座位"两字，是鉴于"文革"前的批判，被批判者虽只能认错（多是认罪）不容分辩，但总会给个座位，还算是比较文明的，其实即使"文革"初期，像杭大组织的声势浩大的所谓"林夏战役"，批判一位学校的领导干部和老教授，竟称"战役"，火药味够浓的了，但林副校长还是坐着在台上恭受批斗。等运动深入到触及灵魂，那就再也谈不上座位了。

庐山会议批了彭总，焦就成了学校（这时已是杭州大学）被重点批判的对象，上挂彭大元帅，下揭他的言行，大字报，批判会，不断检讨，总难过关。尽管口诛笔伐，表面上轰轰烈烈，可私下里谁能知道有多少老师院人、杭大人心里是期期以为不可。

这还不算严重，谁知到了"文化大革命"，

竟被造反派揪住不放，一场浩劫，受尽了无情批斗和屈辱，弄得病魔缠身，虽获初步解放，仍免不掉凄凄凉凉，无声地死在"四人帮"末日到来前最后疯狂的时日里。对于逝者，人们都说安息，我知道，他是永远地息了；可他死得心安吗？不！他不安！他是无声死去了吗？不！他有声，不仅有声，而且喊出了一个忠于党的革命老干部的心声。他易箦之际也没对家人留下一句遗言，他只是念叨着："大事没有解决，大事没有解决，大事……"这里要说明，几句遗言，不是我亲耳听到，是元忠同志第二天告诉我的。"大事"，自然是国事，当前的国事就是"四人帮"的祸国殃民；而"没有解决"无疑是对时局前途的担心和忧虑。我这样理解是有根据的。在他病前，我曾和盛斯猷同志或个人几次前去探望，病重病危期间，接触就更多了。他总是时时流露出忧国忧民的难言之隐，依他的政治修养，虽然是欲言又止，但听的人心如明镜，谁都理解。相互印证，他有这样的遗言，是必然的。

说到这里，从他病危逝世到治丧追悼会，一幕幕往事，齐涌心头，好像一股力量推着我，不停笔地写着，欲罢而不能。

还是按时间顺序写下去吧。

病危和逝世。得悉病危的消息，几位杭大老同志，像赵刚、孟建华、卢兴仁、刘天喜、汪文銮、孙洁等，立即赶来，二十四小时轮流值班，为的是尽量减轻元忠和家人的负担。那时病人的一个参军远在他乡的儿子还没能赶回来。几天的日子里，满病房都是来探望的人，省委党校有一次竟开了大客车来。病人的病情虽时有好坏，但总体来说每况愈下，已是回天无望了。杭大的小车司机陈桂贤师傅主动在医院承担了接送任务。当年焦的老司机姚再兴师傅找到我，私下对我说："老领导不久人世，我无以为报，浙江医院挺偏僻，半夜更不便，只要你们有急事，夜里不管几点，敲我的门就是。"另一位老司机蒋师傅，来学校较晚，与焦接触不多，也因敬重病人，找到元忠同志，表明心意，为夜间去医院接人送人尽了自己的力。几个没有坐单位轿车资格的员工，未经其领导点头，直接用车去处理一个外单位危重病人的事情，这是什么章法，不要说"文革"时，恐怕任何时期也不合章法。可硬是这样做了。章法是说不通的，这是人心。人心不可违呀！

这话说了不过一两天，果然我和赵刚同志就在后半夜敲响了姚师傅的家门。那天吃了晚饭，我和赵刚去医院值上半夜的班。在骑自行车的路上，从杭大到玉泉浙大一带，路边、场地，摆放着大量悼念总理的花圈，有人还不停地送来。眼望花圈，遥念京师，忧心时局，想到一位曾被总理亲署任命的高校负责人即将撒手人寰，心里沉沉的，像压了块石头。那天晚上直到十二点，病人精神似乎不错，在场的人都说可以，他还向我们点头示过意，嘴里像在说点什么。我和老赵误以为当夜不会有事，就一起回去了。谁料回到家，刚刚躺下，就被突然来的噩耗惊起了。汽车立即把我两人又送回了医院。孙洁同志为逝者换上了寿衣，强忍悲痛，忙乱了一通，就劝送元忠和子女节哀回家休息，免生意外。这时病房内外，连病区走廊都站满了人，学校的中层干部毛逸、杨招棣、邵宗杰等都一直在场。天已开始放亮，来的同志更多了起来。殡仪馆来了车，他们说，遗体要家属抬上担架，推进车中，可家属刚刚离开，只能是在场的同志了。老孟（孟建华同志）双手捧住头，老杨（杨招棣同志）抬左脚，我抬右脚，就把自己终生敬重的老首长送走了。我当然不相信人死会有灵，但仍禁不住暗自祈祷，愿他英灵升天……一阵心酸，悲从中来，头沉沉，泪潸潸，两手冰冷。

在这里，还有一事不能不补说一下。师院时期一位负责组织、保卫工作的老同志，这时早已调省医学院工作。病危急需人参，夜里上哪去弄呀！大家想到了他。汽车连夜送我敲响了他的家门。当他惊醒后知道老首长已命在旦夕时，忽地起来，上衣没穿好，连连说着"知道了，谢谢你"，就同车而去，几经周转，拿到人参，送到了医院病床前。这当然是动人的，可病危期间动人的事何止一例，为什么只补写这一件呢？这是有原因的。原因也许有些老同志会想得到，那就是他是一位犯过错误，曾被焦亲自批评教育过的同志。把他从被窝里掀出来求他办事，按理我应该代表元忠先谢谢他，可他说谢我。谢我什么，我当时自然无法问，以后也没有机会再见面，现在他也已过早地离开了人世，只能自己去体味了。我明白，他不是谢我，他是在向元忠和心系焦病情的老同志表心迹，感念这些人没忘了他，使他有机会最后为老首长尽一点心意。

治丧和追悼会。治丧是有规矩的。虽未见成文，却属常理，那就是不论职位高低，都由本单位操办。我常常想，为焦梦晓同志治丧是什么规矩乃至规格呢？他是教育厅的干部，何况还是正厅级的副厅长，可是治丧的事都是杭大办的，当然各项费用的支出，该报的，均由逝者本单位承当。这里需要说明，说杭大办的不假，用的是学校办公处所和用品；办事的人大多还是病危期间常守在身边的那几位，本单位的人实为协助参与，你能说不是杭大办的吗？但请不要误会，误以为是学校的组织行为，不是的，这不是组织行为，完全是群众自发的。这些同志，几乎天天聚在一起，忙登记、造名册、写挽联、发讣告，里里外外。有事，谁在场就谁办，谁合适就谁去，我做了些什么，多已没有印象，只记得写花圈挽联，连手臂都写酸了。想用"千古"觉得他承当得起，可又顾虑似乎有四旧色彩，终于笔下一色用了"安息"。明知他死犹未安，也只好如此了。

还有两个片段记得很清楚：

一是送讣告。有些讣告要送到相关人手中，我也送过一些，其中有一位是逝者本单位负责人，听说他那时受点政治牵连，日子也不好过。正巧，是他本人开的门，家里好像只他一人。

当他接过讣告时，忽地面色铁青，双手抖动，身子晃了一下，在"我去，我去"的话声中我匆匆离开了他的家。

再一个就是追悼会当天了。那天早晨有事处理，我提早去了殡仪馆。校门口内外站满了待发的学校的游行人群，记得毛逸和杨招棣同志曾分别向我表明心迹。我理解，他们都是自己系科的领队人，身不由己，我沾了群众的光，去不去游行，没人理你。

没想到参加追悼会的人越来越多，大厅里黑压压挤满了人，挂满花圈的挽联，本来大多已是几人合拼，不少也挂不上，一些花圈临时竟贴了两三副挽联。人多，大厅容不下，迟点来的，只好站在厅外台阶上。还容不下，场外空地上也站了一大片。难怪一位殡仪馆工作人员感叹道："从来没见过这么多人的追悼会，是什么样的干部呀！"看来他并不明白，干部何在大小，是非存乎人心。我清楚，来的人，无论本地、外地，还是本部门、外单位，没有几个是受单位委派，而是自愿参加的，这难道不是人心吗！全场来了多少共产党员，这难道不是党心吗！

教育厅什么人主持，已无印象，只记得是盛华同志（省委宣传部副部长）念的悼词，体现了一种规格。我默立前排，看得清楚，见他面色苍白，两次取下眼镜，擦拭镜片，拿悼词的手在抖动。我不知道他和逝者有什么个人关系，看来他确是动了真感情。向遗体三鞠躬，意识到这是向老首长最后的告别了，阵阵哀乐，禁不住热泪滚滚。自己这个样子，实在没法再劝慰早已泣不成声的元忠同志和她的子女了。

忆往暂告结束了。怀念是迟到的，回忆是片断的、点滴的，虽然是想到哪里就写到哪里，不成文章，但的确是用"心"写的，是真实的，真实的东西是可以留给后人的。

2005 年清明日初稿
2015 年 3 月 5 日改定

致山东大学校史组的一封信

校史组负责同志：

我是1949年2月在济南参加渡江南下的原华东大学文艺系学生。文艺系属文学院。我在校的时候，院长是黄源老师，系主任是王淑明老师，以后系主任由吴富恒老师担任。

南下后来到杭州，三十多年来，和母校一直没有联系。近年来，先后看到了《校庆特刊》和《校史资料》第三期（一、二两期没看到过，在我校图书馆和资料室也没找到），不少反映华大师生学习、生活的文章，唤起了我青年时代在华大学习时的记忆，时间虽然不长，但它却那么使人难忘；每当想起当年那些尊敬的师长，想起许多朝夕相处的同学，我的心情总是很激动，久久不能平静。

读了杨向奎教授《早期〈文史哲〉》一文，我回忆起一段有关《文史哲》的往事来。我南下到达杭州，1952年全国高校院系调整时，被调到当时新成立的浙江师范学院工作（浙师院是以原浙江大学、之江大学文理学院为主合并而成的，即是现在的杭州大学），那时母校的《文史哲》已开始受到学术界的广泛重视，浙师文史两系师生反映强烈。在《文史哲》的带动、影响下，浙师也想创办一个学术刊物，以活跃学术空气，推动学校的教学和科研工作。就这样，学校于1953年（月份忘记，是冬天）派我去青岛山大学习、了解《文史哲》的经验。踏进鱼山路山大的校门，吴富恒老师（当时学校的教务长）就在百忙中热情接见了我，并表示："华校长本来要见面谈谈，他实在太忙，明天就要去济南开会，关照我代表他接待。"几句话，使得我真是坐立不安，心想：自己不过是一个二十几岁的青年，而吴老师是国内著名的专家、学者，又是学校的一位负责人，打扰吴老师已经使我惶恐了，又哪里敢再麻烦华校长呢。吴老师见我局促，亲切地说："你已经不是学生，即使是学生，也要多接触、多谈谈；你现在是代表兄弟院校来的客人，这是礼节，千万不可拘束。"吴老师长者的风度和他平易近人的谈话，使我紧张的心情慢慢平静下来。以后吴老师就把我介绍给了杨向奎教授，直接向杨老师请教。杨先生认真、详细地介绍了当时《文史哲》的情况，我边听边择要作了记录，今天看到了先生回忆早期《文史哲》的文章，真像又一次听到当年杨老师的介绍。当时的谈话，我印象至今犹深的：一是华校长对《文史哲》的大力支持与亲自领导；二是《文史哲》十分注重培养青年。先生强调说："《文史哲》有这么一个不成文的规定，每期都要尽量刊登一两篇新出现的青年人的文章，如果说有什么经验，这算是一条。"这是当时先生的介绍，1954年以后，全国性的评论《红楼梦》就是《文史哲》注意培养青年学术人才的一个突出事例。回校后，将

《文史哲》的经验，向学校党委和领导作了汇报。过后，学校就在学习经验的基础上，根据自己的实际情况，办起了文、理科学报。从这里也可以看出《文史哲》所产生的积极影响。

在山大取经的几天中，我拜见了冯沅君先生。那天，陆侃如先生外出开会不在家中。当我说到自己在校时间不长，将没能听到先生的讲课、没有机会得到老师的传授引为最大的憾事时，冯先生教导说：读书、做学问，以个人的一点体验，要在自己，只要能够勤奋不懈，作风踏实，定能作出成绩。浙师中文系姜亮夫、夏瞿禅好几位先生，博大精深，治学都有很高的成就，你有幸在这些先生身边，身传言教，定能获益匪浅。你们青年，学习马列理论，思想敏锐，这是我不及的，要向你们学习。敬聆先生教诲，深为先生谦虚谨慎、循循善诱的精神所感动。时间虽过去了近三十年，先生的这些话，仍一直铭记在我的心中。

在这里，我想简单汇报一下自己的一些

情况：

　　我南下到杭州后，做过短期的接管工作，不久调浙江干校、革大作教育工作；1952年院系调整时，调浙江师院（现在的杭州大学）编辑《学报》等，并经党委同意，不脱产在中文系中国古典文学研究班（有十名研究生）旁听、进修。1955年以后，调中文系古典文学教研组当助教，做过夏承焘先生助手；1962年升讲师迄今。1980年，我辑录、校点的孙诒让未刊遗著《十三经注疏校记》，经我系姜亮夫先生审查并送请王仲荦先生审阅，将由齐鲁书社出版。孙氏其他未刊遗著已陆续辑录整理就绪，亦将由齐鲁刊行，希望能继续得到母校老师的审正。近几年来，我除担负教学工作外，兼编《汉语大辞典》，和山大辞典组的同志时有接触，获益良深。希望蒋维崧老师多给予指导。

　　去年母校校庆大会，我当时一无所闻，没能写信以表祝贺之忱，请原谅。先向母校汇报这些，望今后多加联系。我在华大学习时的名

作者授课留影

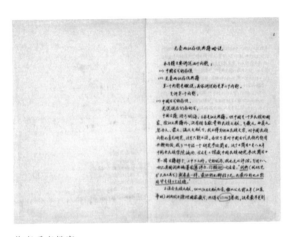

作者手书教案

致山东大学校史组的一封信

字是陆道先，现在的名字是南下以后改的。

顺祝

工作顺利！

并祝

吴校长以及各位老师身体健康！

原文艺系学生　雪克

1982年9月于杭州大学中文系

经历车祸

　　大约1984年，杭州大学古籍研究所创办初期，一次去沪公干，已忘记所办为何事了。在沪上偶遇为学校焦梦晓书记开小轿车的姚再兴师傅，他当时仍开着焦在世时坐的那辆车。相问之下，才知道，他开那辆车来沪大检修，并已重装饰一新，明日就要开回杭大。我们称得上是老朋友了，我刚买好明天回杭的火车票，说定了乘他的便车，当天我就把火车票退了。一时间，颇为自得，既为公家省了几块钱，又能独享高级轿车的风光，真真是机会难得的了。

　　回程一如计划，孰料开至乍浦附近，公路正在一个村落中间，远远望去，路两边各堆放一人多高的稻草垛，有六七个孩子正在公路上戏耍。孩子们见汽车开来，争先恐后地跑到稻草垛后躲了起来。老姚见此情景，以为无事，遂减速通过，谁料一时间突然窜出个小孩子想跑到公路对面去，刹车不及，嘭的一声，把孩子碰出老远。

孩子躺在地上，一动不动，满头是血，且时有白色泡沫流出。二人见状，惊恐万分，误以为脑壳破裂，老姚早已是面无血色，呆在了一边，不知所措。

马上，大人、小孩一大片人，聚在了车的周围，有人失控，抓起石头就要砸车。老姚有责，怎敢讲话。我不暇思索，挺身而出，大呼："汽车出祸，我们有责，自有交警部门依法处理，轿车是国家财产，谁敢动一下，你们试试！"立即制止了恶性事件的发生。这时，村长、驻地部队领导（大概是位营级干部），都先后赶了过来，只有交警尚未到场。这位军人，很少见过高级轿车出此等车祸，误以为乘坐的人定是高干，连忙立正，向我行了一个军礼，口称报告首长。吓得我慌忙说清自己的身份，表明自己只能暂时代表单位说说个人的意见。村长、军人和我，三方面，大家都懂得：司机一出事故，即不能再开车，只能等待处理，可这里是乡村，孩子受伤虽重，毕竟尚有气息，躺在地上不停哼呼。不急送医院抢救，岂非眼看着孩子等死。三方面的共同意见，特殊情况，救人要紧，别无司机，只能仍让老姚开车，立即送孩子到上海或杭州（地处两地之中间路程）。这时交警赶来了，他坚持依规司机不能再开车，不能放行。我动了火气，一再强调碰成重伤是事实，但未死，如拖延了时间发生不幸，那要你负责！军人和村长都支持我的意见，交警连说"这是违规的"，只得将车子放行。经和老姚商议，以回杭州为好。终于车子带上了孩子的娘，抱着满身是血的儿子，直接开送到杭州的医院。立即手术，缝了若干针、口服、药敷、打针，处理一过，孩子就要吃东西。医生明确告知，外伤无妨，脑振受伤受损，尚待观察。从不停要吃要喝看来，问题不大，这才放下心来。老姚也缓过了神，连忙向我致谢："亏了你在，出面做主，如只有我一人，可怎么办啊!"这时，总务处长也赶来了。折腾了一夜，才赶回家去睡了一觉，又回到医院，买了点心送给娘儿两个。只见孩子头缠着纱布，精神大好，一时大吃大嚼，他娘也不客气，抓起来就吃。老姚和处领导也都买了不少食品，从昨夜到翌晨，竟吃了个大半。此情此境，终于完全放下了心来。

孩子一天天好了起来，直到拆线，母子都胖了，孩子也没有什么后遗症，最终学校给了补偿，家属满意，并派车将母子送了回去。这些事都是后勤办的，画了个圆满的句号。

记于1985年7月15日

回顾与思考点滴

　　四十年前我在华东大学文学院就读，今天已从二十岁的青年，步入老年人的行列。回忆在校期间，吴富恒、黄源、王淑明等诸位师长的熏陶、教诲，往事种种，时现眼前。自五十年代初期，山大、华大两校合并而组成新的山东大学，我也就成了山大的校友。四十多年来在浙江，一向执教于杭州大学，由中文系到古籍研究所，对母校山大的一切，常记念在心中。我为它的发展和取得的成就而欢欣鼓舞，也为它的失误和受到的挫折而惋惜不安。

　　新山大初建时期，称得上生气勃勃，富有活力。那时我已离开了母校。从1949年到今天，先后几次有机会到过母校，第一次记得是1953年冬，我受工作单位的指派，到山大取经。在青岛短短几天的日子里，就被母校浓厚的政治空气和学术空气吸引了。那时华岗校长正在给全校师生系统地讲授《社会发展史》和《辩证唯物主义与历史唯物主义》。一个星期六的下午，可纳容三千人的学校广场，座无虚席；顾不得凛冽的寒风，我也情不自禁地夹坐在听课师生中，一句一句记下了华校长讲课的内容。这三个多小时的听课笔记，自己一直保藏着，它是当年山大人精神面貌的见证。可惜在"文革"中丢失了，可当时那种动人的场面，至今仍清晰地留在我的记忆中。

五十年代山大文、史两系的师资力量，是学术界公认的。《文史哲》杂志的创办，更为发表文科科研成果提供了园地。它推动了学术研究的开展，活跃了当时的学术空气，先后发表的大量学术论文，在学术界产生了广泛的影响。

四十年过去了，如何保持并发展前辈学者、教授和师长的学术优势，使之在新形势下不断开花、结果，这是新一代山大人的历史使命。

可喜的是，母校一天天在发展，后继有人，绵延不衰。如今又不失时机地提出了"振兴文科"的号召与要求，这是在校师生的光荣任务，也是各地校友关心的课题。"振兴文科"是一个大题目，它包含着多方面的内容，涉及多方面的问题，我想到的一点是：是否也可以发挥外地、外单位校友的力量呢？譬如，在考虑和制定某些较大规模或系列科研项目规划时，可否广泛征求各地有关校友的意见，如有必要，吸收他们承担某些任务呢？山大文科，向以古典文学、古汉语、古代史学见长。振兴文科一个重要的方面，就是要保持并发展这个特色。我是习古典文学、古文献的，关心和接触的自然多是这方面的问题。古文献也好，文学也好，史学也好，谈中国古代文化，离不开儒学，它是中国传统文化的重要组成部分，可以说是传统文化的核心，其影响远非释道各家所可比拟。山东是孔孟之邦，儒学发源之地。儒学的研究，在当前已是国际性的显学。作为校友，个人总在注视着山大文科这方面的研究进展，期望它在推动海内外孔学与儒学的研究中，起到更大的作用。

说到儒学，从立足本地的角度考虑，汉初济南伏生的传《尚书》，汉末郑玄的注群经，他们的名字，都和山东联系在一起。以高密的郑玄来说，两汉经师，阐释周秦经籍，成就与影响最大者首推郑氏，其《三礼注》尤称绝学。山大能不能成为研究孔学、郑学的中心呢？可不可以把这类研究项目的拟定，和振兴文科、发挥学科专长的目标联系起来考虑呢？说研究中心，并不意味着一定要再新建相应的机构，母校这些年，已先后建立了文史哲、古籍、易学等研究所，既为发扬学科专长奠定了组织基础，同时，又反映了母校科研事业的发展壮大。既然已建立了相关的研究机构，必然早已制定了各类周密的项目规划，我说的这些不成熟的想法，或者已有所考虑，没有必要再去说，或者只是几句不切实际的空话，并无补于工作的开展。不管怎样，我还是不揣浅陋说了，重要的是我的心，一颗振兴山大文科的赤子之心。

山大作为一所著名的高等学府，已经历了九十年的发展过程。我在华大时间不长，对于母校所知有限，历史的回顾，现实的思考，点滴一二，略陈衷情，用以献给建校九十周年校庆。

1990年12月20日于杭州大学

对校刊和学报创始时期工作的一些回忆

　　我于1952年夏秋之际由华东革大浙江分校，随同焦梦晓同志调来新建立的浙江师院。在革大时，我先为教育干事，后为校刊编辑，焦梦晓同志一直是我的领导。到师院后，焦找我谈话，征求了我对工作的意见后，他说："目前党委初建，各项工作头绪纷繁，你先到马列主义教研室，做政治理论课的辅导工作。等时机成熟，由你负责创办浙师校刊。还有，今后学院铅印其他不定期的论文、资料等都由你办理。"

　　就这样，我在马列室工作了一段短时期。1953年，即遵照校党委的指示，着手创办校刊。当时，校刊工作人员只有我一个。

　　那时，学校新经院系调整，要求全面学习苏联，进行教育改革，注重教学。校刊因此定名为"教与学"。这个名称，是当时的副教务长任铭善教授提出，经学校有关领导同志商量确定下来的。刊头的题字，记得是从教育部长马叙伦给任铭善先生的私人信件中找出了这三个字，由我和任先生拼凑好而制版的。创刊后，过了一段时间，考虑到校刊虽应以反映、推动教学为主，但它毕竟还要全面反映学校的其他各项工作，鉴于不少兄弟院校的校刊大都以校名为称，经领导同意，校刊遂改名为"浙江师院"。

校刊是全院性的报纸，半月出刊一次，由校党委和院行政领导。在行政上，属政治辅导处。我属于政治辅导处下设的宣教科。当时政治辅导处主任是朱子英同志，宣教科长是洪涛同志。宣教科有几个干事，除了我以外，还有李玉芸、盛斯猷、黄锡林等几位同志。我虽属洪涛同志领导，但他很少过问校刊的事，遇到问题，他常叫我直接找朱子英同志或焦梦晓同志。在校刊创办的最初时期，朱子英同志对校刊也很少作指示，他交代我说："校刊关系到全院的各项工作，许多事我定不了。你有事多找老焦，由他决断。"就这样，校刊的工作，从开始就是在党委书记兼第一副院长焦梦晓同志的领导关怀下开展起来的。焦梦晓同志对校刊的创办和出版，是花费了不少心血的。到以后，因焦梦晓同志工作过忙，党委做了明确规定，告诉我：重要的稿件，如社论，以及关系到全院大事的文章，由焦审定；其余稿件，由朱审定。改变了每期都由焦审查全部稿件和版面的做法。

焦梦晓同志对党的教育事业忠心耿耿，尊重专家，信任知识分子，为办好师院可称呕心沥血。这种可贵的品德，同样表现在他对校刊工作的领导上。他从来没有上下班时间，也谈不上什么休息、节假。不管什么时候找他，不管是在办公室还是在他家中，有时他正在吃饭，莫不是马上把饭碗放下，耐心地听我汇报，和我交谈。对一些有关行政和教学科研工作方面大事的文章，请他审稿，他总是仔细询问有没有请陈立副院长审查过，有没有请两位副教务长看过，他们的意见怎样。他一再嘱咐我这类比较重要的稿件，一定要请这些先生看过，认真听取意见。当时校刊发的一些社论，有的是由焦决定请谁撰写，由我分别去落实的；有的是焦亲自撰写的；也有的是由焦授意，交我起草，经焦审定签发的。他无论是对文章提出修改意见，还是亲自动手修改送审的文章，常常征询我的看法，用的都是商量的口吻。尤其是他自己为校刊写的文章，总是一再关照我仔细看看，如觉有问题，再代他推敲。事事都表现了他尊重人、尊重下级的民主作风。

这期间，我记得，任公曾修改过校刊的有关文章，也为校刊起草撰写过有关教学的社评，具体情形已记不清了。

校刊创刊后，1953年期间，只我一人。而我那时经焦、朱两位党委领导同志批准，不脱产在中文系古典文学研究生班旁听、进修，工作和学习都十分忙碌。领导为了工作需要，于

1954年初，将本院教育科毕业生陈谋勇同志留下参加校刊工作。从此，校刊增加了力量，所有工作由我们两人承担了下来。而我也就可以更好地做到工作、进修两不误了。

在初期的校刊工作中，有两件事，需着重提一提。

一是：校刊不是学术性刊物，本来不必发表学术性的文章，各兄弟院校校刊莫不如此。由于焦梦晓同志重视教学与科研，为了活跃学术气氛，他指示我，在报纸上可以适当登一点学术文章，但不宜过多。记得这期间校刊曾增加版面刊登过文科个别教师的这类论文，就是在这种情况下编发的。

二是：1954年教育部柳湜副部长和教育部顾问苏联专家费拉托夫教授来院检查工作。在这几天里，费拉托夫教授除了和有关领导以及其他同志个别接触并交谈外，共开了三次会议。这三次会，我作为校刊工作人员，都参加了。一次是系主任座谈会，先由各位系主任提出问题，最后由费做出回答。这次会议，是我作的记录。一次是领导干部座谈会，王承绪副教务长亲自作记录。最后一次是全院教师大会，地点在原之江大学的都克堂，由费作报告，何新邦、金锵、曹淑智、陈谋勇和我，共五人分别作记录。事后，由陈和我根据这五份记录，整理成一份较完整的记录稿，连同前两次的会议记录，又请焦副院长以个人名义写了文章，用校刊的名义编印了一本小册子。

三是：在批判胡适思想和批判俞平伯红学观点期间，文科教师，特别是中文系教师写了若干篇带有研究性、学术性的批判文章，校党委和行政领导决定，用校刊专号的形式，择优结集铅印成册。这些文章，当时孔成九同志（中文系副主任）已送交党委，都在焦梦晓同志处。焦对我的指示是：注意文章的政治思想性；在学术上只要言之成理，有一定水平就可以了，不必要求过高。有的文章，要和作者商量，还须加加工。并要我多和孔成九同志联系，尽量编好这个专集。该集目前我已无存，记得约收十来篇论文，共约十万字。

下面谈谈学报的创办和初期的工作。大概是1954年的冬天，焦梦晓同志找我，在他家中，向我谈了学校打算继校刊后，要创办文、理科学报，并要我筹备落实。还说今后学报一切具体编辑发行工作，均由校刊室办理。他说："办校刊我们多少总还有点经验，办综合性的学术刊物学报，就更不简单了。学报由陈副院长负责，他是专家，要多去请教，争取他的领导。"焦还要我先到外地走走，看看人家是怎么办的，怎么组织领导的。当我提到青岛山大《文史哲》（实际上是该校的文科学报）在学术界很有影响，同时我对山大也比较熟悉时，焦深表赞同，要我抓紧时间到山大学习经验。焦说着随即站了起来，就要拿他的大衣，说："北方冷，你这点衣服不行，我的大衣不好，挡挡寒还是成的，你穿了去。"一股暖流顿时流进了心坎，我怀着发誓要搞好工作、决不能辜负党对自己关怀的激动心情，离开了焦梦晓同志的家。

在山大，我受到当时山大教务长吴富恒教授（他是我在华大就读时的系主任和老师）的接见。吴师代表华岗校长向我概要地介绍了山大办文、理科学报的组织领导、做法和经验，并请《文史哲》实际负责人杨向奎教授向我作了详细介绍，我择重点作了记录。回校后，向校党委和陈立副院长等行政领导作了汇报。

1955年初，在校党委和院行政领导下，成立了学报编辑委员会，决定先出人文科学版。申请期刊登记、征集稿件、联系印刷、编辑、校对等一系列具体工作，都是我和陈谋勇同志分工合作完成的。记得《学报》的报头，仍是马叙伦的手迹，是从任铭善先生提供的信件中找出的这些字拼凑而成的。人文版《学报》于1955年7月创刊；自然科学版的创刊号是1956年出版的。自然科学版创刊号，内容较丰富，铜版插图繁多，在上海印刷，纸张精良，这时方集理同志也参加了编辑、校对工作。出了这期创刊号，我被调到中文系古典文学教研室任教，校刊和学报的工作就由方、陈两位同志承担了。

最后，顺便补充一点。我离开《学报》后，从1962年起到1966年"文革"前，我又编过人文科学版《学报》。经过情形是这样：

1962年，我在中文系古典文学教研室为讲师，系副主任蒋祖怡先生告诉我，要我做点社会工作，兼编文科《学报》。我本不想答应，但当他说这是林淡秋副校长的意思时，我就不便再推辞了。在这以前，《学报》是一个系包一期，每期都是专号。从这时起，改变做法，由学校统一分出人文科学和自然科学两版，为的是集中力量，充实《学报》内容。理科版的工作情况，我不清楚，文科版的工作是由林淡秋副校长主管。《学报》那时改换了刊头，是我到书法家张宗祥先生家请他题写的。《学报》新成立了编委会，我不记得开过多少次编委会会议。印象最深的是，所有文科来稿，都集中在林处审理。他从不自作主张，非常重视各科专家的意见。对来稿，必请编委或有关校内专家审阅；相当多的稿件，校内无适当专家，均由他个人写信到外地，特别是北京，寄请有关专家审核。在这个基础上，由他决定稿子的取舍，最后将通过的文章，交我进行编辑处理。林副校长尊重老专家，还表现在他对老专家送来的论文，有时不再请人评审，他对我说："老专家学术造诣深，他们的专业论文，不必审，可以来文照登，文责自负嘛！"改刊后，1962年第一期文科《学报》有个《编后记》，是林副校长授意由我起草，经他审定后签发的。这以后，于1963年10月又出了一期，称第二期。1964年，按林淡秋同志意见，本拟仍出一期，待稿件一一审查落实，正着手编印期间，迫于当时的政治形势，"四清"运动即将开始，就中途停了刊。我这个兼职编辑，也就因没事可干而作罢了。

买书记往

　　浙江师范学院1952年建院时，图书馆接收的藏书是非常有限的，幸有玉海楼和嘉业堂两大藏书楼的部分藏品先后入库，才有了自己的特色。办好大学，图书馆藏书的质和量的重要性是不言而喻的。我是1952年全国院系调整时调入浙师院的，虽然从来没在图书馆工作过，可是学校党委书记焦梦晓领导交给我一个额外的任务，那就是每年年中，特别是年底前去外地替校图书馆购买线装古旧书籍。宁波去过几次，书肆外，记得还去过知名藏书家家中观书，蒙彼接待，并赠送殿版《图书集成》残卷数册带回，送到了校图。在杭州本地求索就不必多说了，当然也不会少。这期间，去过几次北京，琉璃厂是必到之处，买了不少书，记得有部丁福保的《说文解字诂林》，定海黄以周的初印本《礼书通故》就是在北京收购的。

去过最多次的地方非上海莫属，总是下榻青年会（即后来的淮海饭店），这期间，书记嘱我：贵重典籍，如无把握，可请教姜亮夫教授，由他决断，不必请示领导。他的意思是，事关学术、专业，应该由专家做主。一次在沪上发现了一部自己从来未见过和听说过的抗战前印行的大型精装图册，题名《热河》，检翻发现，有资考证，颇具价值，还有几种明刻善本，以及稀见版本的方志，一时爱难释手，不愿放过，但售价可观，动用公款，犹豫难决。时已天晚，书贾答应留书一夜于旅舍，说你是熟人，知根知底。业内有个行规，如有珍本、稀见之书，要先问沪图。不收，再问郑振铎先生长住上海代为其收书的专人。再不要，才能外销。这批书你如不收，翌日清晨即来取走，另有买家。急忙间，如何请教亮公，只好硬着头皮连夜去了邮电局，给书记家挂了电话（那时师院人只有书记——他还兼着副院长——和院长家有电话）。回到旅舍不久，就收到了五个字的加急电报："姜力主购买。"回杭后才知道了事情的经过：放下电话，书记就跑到了姜公家，这才有了及时的回电。在这前后几年间，去过上海五六次（那时还未公私合营）购书，这是印象最深的一次了。每次采购，书款均以万元计。那时书价便宜，普通刻本大多一两角一册，一部书如果卷帙无多，也就是一元左右，即使善本、明刻，论册不过一元，一部书卷数少者四五元，多则十几、二十几元，上百元的就很珍贵，很难得见了。试想，每次上万元的总价，能为学校收进多少清代顺康乾乃至嘉道以降经史子集四部群籍以及各类丛书、成套解放前重要杂志和旧籍呢。别忘了这些原刊、翻刻古籍中，除少数精刻、珍本外，在当时大都被认为是普通刊本的。

多年来，我常想，五个字的回电和它的背景故事，为什么总使我激动不已和回味无穷呢，是不是它也折射出作为一把手的书记对工作的热忱和对事业的负责精神呢，是不是也折射出一位高校领导人并没有把自己摆在做官当老爷的位子上，而是和下属平等地各尽其职，服务于人民呢？至少，我的回答是肯定的。

前面说的都是收书。意犹未尽，这里再补说几句。有一次在宁波也是为公家收书，业余逛街，偶在一个没有几本书的杂货摊上见到一部《尔雅翼》，乃毕效钦校本，窃以为明刻无疑，可标价便宜，仅以普通刻本待之，私人就买了回来。过后请姜亮公和心叔公掌眼审核，二师均十分认可。心叔先生尤喜爱之，告我到他家去看看，无论何书、何本都可拿走作为交换。我怎敢做出此等之事，一直拖着，不敢再提，也就作罢了。事过多年，赴沪公干，顺便带上此书，请上海古籍书店收购部的老熟人、版本专家过过目。他一页一页仔细审看一过，说你如果想出手的话，作为明刻我是不收的。回答以掌眼而已，有何说法？他说你回杭州去浙图，耐心一页一页、一行一行、一字一字，多花些功夫，将原刻对着看看，可将发现告我。果如此言，找出了几字不同，才知其为明刻清修之本。忍不住又告姜、任两师，两位一笑：实践出真知，这些人各类版刻见得多，乃书皮之学，对内容未必了然。我们则是混通，重在学术价值，可谓各有专攻也。大家一笑了之。

说到福州路上的上海古籍书店，是公私合营的硕果。这里的书记和经理本来是上海滩上有名的来薰阁书店的两位店员。因为常去买书，已是老朋友了。这座店，楼下一层售书，当然全为古籍，上面几层为书库，有几位业内专家负责定价待售。我是熟客，自由上下。一次有位看走了眼，将一部善本标了个普通价，就要把这批书下送。我忙将此本留下，让他再过过目，告以如不改价，我就要买走了。他拿书在手，发现自己看走了眼，连忙改标，我就买不起了。

还有两事也应该补说一下：大约是1957年

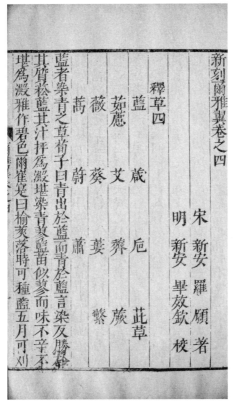

新刻爾雅翼卷之四

宋　新安　羅願　著
明　新安　畢效欽　校

釋草四

藍　葴　厄　茈草
茹藘　艾　蒶　蕨
薇　蔡　葽　繁
蒿　蔚　蕭

藍者染青之草荀子曰青出於藍而青於藍言染及勝於
其臂菘藍其汁抨為澱堪染青葼藍苗似蓼而味不辛不
堪為澱雅作碧色爾雀是曰榆莢落時可種藍五月可刈

明刻清修本《尔雅翼》(雪克藏)

买书记往　　　　　　　　　　·117·

春，毛主席提出"百花齐放，百家争鸣"的方针与号召，社会上掀起了繁荣文化的热潮。购求书籍自是应有之义。我和另两位单位同仁在上海相遇，遂去了上海古籍书店。还没进店门，刚好几乎同时停下两辆敞篷大卡车，车上均有老师带队，跳下两车当地两所大学学生。他们争先恐后地将事先已写好的本校长封条，不分青红皂白，见书架就贴，不一时就贴了个满满当当，让我们这样的散客无所适从，落了个两手空空。这时书店的负责人来了，看着不是个事，当场就招呼各单位派代表开了个协调会。他说架上之书复本甚多，一个单位要这么多复本干什么，买了也是浪费，奉劝各位理智一些，认真挑挑选选，以各取所需为宜。与会的都是文化人，卖家说得有理，在座的大都平静了下来，终于揭了封条，让购书恢复了常态，我们自然也为校图添了些收藏。

下面这件事也与图书有缘。1965年搞"四清"时，杭大师生大部分在诸暨，我在斯宅大队。一天接到工作团中杭大领导刘活源书记的通知，让我和吴熊和兄带着系三的学生金光荣（当帮手）去挑选古旧书籍。书是当地大户人家杭大物理系斯何晚先生的家藏。院内几间大屋，书堆得是满满当当，并无别物，偌大的庭院只有一位老人看守。我和吴当即分别动手。我按自己的标准，挑出一大批康乾时期的较为入眼的四部名著及方志，其中偶有明刻、善本，记得最清楚的是明陈翼飞辑《文俪》十八卷，乃万历刻本。至于道咸以降，除少数外，多以普通本视之，弃而未取。熊和兄也以自己的判断挑了一批，数量同属不少。事后，刘活源书记告我，这批书业已装车拉回了校图。

旋即"文化大革命"风暴骤起，此事不惟无人提及，余更噤口不敢再说，恐遭不测之祸也。十多年过去，直到八十年代，曾几次问过校图有关同志，得知"文革"前夕是有一批书运来，一直堆在一个角落里，无人关注，更谈不上编目出借，后来不知道怎么处理了，像《文俪》这样的善本，也同样下落不明了。

　　这类故事多多。年已老迈，近事马上就忘，可陈年往事总会记忆清晰，有些事是杭大校图严春森兄帮助想起的，他是采编组长，书款大都是他汇出的。总难以忘怀。真是的。

记于2018年冬

沈文倬、钱南扬、朱季海
——"引进人才"的往事

一

上世纪六十年代初，浙江师院焦梦晓书记重视人才的引进，一次把我叫去，让我将沈凤笙文倬与钱南扬绍箕二位先生的学术成就做些调查，写出书面材料报告党委参考。并嘱咐不必考虑政治身份，这个由人事处负责，不是你的事。当时沈公就职于上海图书馆，任编目组副主任，负责编纂《中国丛书综录》，特别是主编"经部"的功力与成就，在学术界已有相当的影响。通过文献检索，得知其专擅三礼之学，尤精研于《仪礼》，为求教益，经领导同意，即赴沪，面谒上海图书馆馆长顾廷龙和潘景郑二老，受到了二老的亲切接待。二老深知沈公乃定海黄以周再传，受业于著名经学家曹元弼先生，其礼学成就还受到过顾颉刚先生的赞誉。在沪图，他的礼学造诣无从施展，未免屈才，大力推荐其进入浙师院。问长问短，总之一句话，能否礼聘为教授。我据实回禀：自己是学校的普通教师，没有资格承诺任何事情，但我知道，目前学校尚无权自聘教授，要等机会，走程序，但入校后会尽量保障其工资待遇。实话实说，得到顾、潘二老的首肯。

至于钱公，当时正在当地以地主身份被管制，失去自由，无缘面晤。他早年毕业于北京大学，遍查清华、燕京学报等，一位南戏专家、老一辈学人的面貌清晰地呈现在人们的面前。过后二公如愿进入浙师院中文系。值得说说的是，钱公出村到高校任教，一时间全村人口相传，成了最热门的话题和新闻。

沈公出身也不好，讲话有点口吃，在运动中，尤其在"文革"中吃尽了苦头，挨骂遭打被批斗一应俱全，关进了牛棚。我亦在棚。公

沈文倬同志受业于清末苏州著名三礼学家曹元
弼先生之门，清光绪进士特设指北浙沿阿什方
迎周阮汪江苏省各类馆藏任编纂　具有文字音韵训诂方
面极深造诣　长期以来研究礼仪之学，仪礼为研究先秦典
章制度民取研究不可不读之古籍，但此书之古奥较逾清代
学者从事此学者已较少，因于仪礼书奥不过四千余依极沈
同志致力攻心从事新学数十年不改其度（一九七年至家
顾颉刚教授相见接陵之下　极为钦佩管阡凛君于国立编
译馆任编纂整理工作　一九五年上海图书馆编辑　中国丛书
综录　任注郡李数主编，于顾目之概而改定为目录家所称道
近年来出土汉简帛传考订较多，著有礼汉简异文释
菊阁进汇汉简帛传考普素　论文庇发　用新材料彰观立据
成专著，责延蓬前贤之虞现立研治仪礼有很少，已成绝学
海法乏人为抢救文化遗产　新火相传，亟期招收博士研究
生，续绝此学特推荐沈文倬先生为博士研究生导师，请予
审核。

上海图书馆名誉馆长
华东师范大学兼任研究员、古籍整理研究所副所长
顾廷龙
一九八五年十二月

长我十岁，无论何时，均以事兄之礼待之，不敢或阙。"文革"后期稍有宽松，公则继撰《〈礼〉汉简异文释》一、二、三、四。窃有幸随作随看，不时与之探讨，获益匪浅，成了该著的第一个读者。这篇要著，以后分篇刊发在《文史》杂志上。改革开放迎来春天，先生的经学尤其三礼之学的研究，获得学术界的高度认同，作为先秦礼制研究的博士生导师，培养了多位崭露头角、学有专长的青年才俊。在贻兄在世时服膺其学，时常过从，惜其英年早逝，年仅五十，连生日还差一天呢。

我与沈公关系在师友之间。师指学术，多有请益并得到指点；友是交游，彼此真诚相待，处事待人，多有认同，尤其对古籍所的种种，见解一致，可难周全。虽难免也意见相左，相互争执，甚至弄得面红耳赤，不可开交，这时只要师母在场，大都支持我，事情也就过去了，彼此并无芥蒂。沈公为人宽厚，讲究礼节，可有时亦执拗，印象最深的一次是：学校家属宿

雪兄如面 半月前得 在姑兄函，言及 兄闹刀事，得

惠函，始生甚详情。希望专心静养，或请中醫調

理，久久必奇效之效。必不頗就醫，非無病惟恐误

术虚垂人之年。十於三月中旬返沪至今五十餘天，每天

工作三小時，（稍重即感不適）稍作些家務勞動，忘在马路

散步，甚相宜於踐躯，雖時有腰酸背痛之痰，必先

人幸懸，或至虞焉。坐而正此境遇，始悔参加研

究所四年來，最属下策，工作甚为辛苦，收穫甚

沈文倬先生来函（局部），时郭在贻先生
尚在世

舍最初都是租住的，后来有了新政策，可买为私人所有，以面积论价，价格十分便宜，我与公住房均小，谁都买得起，我买了，力劝沈公购置。好处说尽，被其坚拒，师母在家，连说人家好心好意劝你，你不听，态度这么差，真不像样，也劝他莫失良机。可他仍不听从，决然表示自己祖业业已无存，如今还买房子干什么！弄得师母和他又吵又闹，不可开交，一无结果。此情此境，不宜再插嘴，只好离开沈家。过后得知师母让其身在上海任职的女儿出钱，总算把房子买了下来。事情平息了下来，一次与公闲话，我说沈公你读圣人之书，可不通时务，孔夫子乃圣之时者也，是你所不及者，彼此一笑而过。

还有一事也不妨说一说：上世纪末省里出版社陆续出版一套近代学人论著丛书，由上海某高校教师分别点校，有数册已出清样，即将开印，为慎重起见，经友人相托，交我作清样的最后审核。相看之下，大都校点错讹多不胜数，改标满纸，费力之多还不如自己点校，如此劣品，怎好印行。一次与公闲聊，言及此事，脱口说出了海派学人学风浮夸，不及北方学人之严谨。随便几句话，惹得沈公勃然大怒，指着他自己鼻子说我就是上海人，也算个学者，当面骂我，你是何居心！我说沈公你治学精深，我一向敬仰，你是知道的，天地良心，我说的怎能是你？当场自己也做了检讨，言语中说什么"上海学人"又是什么"学风浮夸"，完全是信口胡言，众所周知沪上有不少名家、教授，名声在外，学风亦正，我说的仅是三两个无术之人而已。说得两人都笑了。

前面我说沈公不通时务，其实不对，他是一位十分通达的长者：古籍所新成立时，首任所长姜亮夫教授派我转达他的意见邀请沈为副所长，我应命去了。第一次推辞，再请仍推辞，姜公命我三请。我心想，三请诸葛，这次也许沈公会出山了。去了，他这才说出了实情。指着我的面孔说："姜公年老糊涂也就罢了，侬、侬、侬跟着一起来劝更是一团浆糊，你也不想想，所长外，历史系絜民徐规教授业已任命为所之副座，如果再加上我，三个领导无一人是党员，如何开展工作，党委和校方发的文件谁来签收？"我这才恍然大悟，甚以为是。回禀姜老也深以为然，经各方协调，姜老满意，领导批准，这才有了党员副所长平慧善同志的到任。同时将应届毕业生党员林家骊留所当了所办秘书，从此古籍所的一切工作才开始运转起来。

钱公的处境就不可说了。我听过先生几堂课，首先是感觉不善言辞。作为专家，实属无妨。讲南戏，从来说不出什么思想性和艺术性，讲稿仅一两纸，全是用毛笔写的，讲授的不外是某个角色化妆用什么粉，勾什么脸，怎么调色等等，像我这样从来没有接触过南戏的人听起来难免似懂非懂，难以入戏，但却不敢轻忽。念及学有专长，术有专攻，心中就安定了下来。可钱公在运动中总遭批判，被丑化，终被贬出浙师。幸被南京大学看重，由当时南大中文系主任俞铭璜先生（我在华东大学就读时的教授）礼聘为教授，并以钱为主任成立了南大的"南戏研究室"，作出了诸多突出研究成果，培养了多位优秀戏曲和民间文学、民俗学领域的研究人才，获得国家级和省级各项荣誉奖。我则五味杂陈，无话可说。

二

近日有机会与《掌故》编者面晤，他说："告诉你一件喜事。"我不明所以，因问："喜从何来？"对曰："朱季海先生对你曾赞不绝口。"窃素知能入朱公法眼的人实属有限，闻之是既惊疑又惭愧，引起了自己对朱老一些往事的回忆。窃何德何能，虽未与朱老见过面，可谁人不知，彼十六岁就拜太炎先生为师，是先生的关门弟子。多年后，学识彪炳，精通英、德、法、日语，研治国学，广及四部，深究古今历史以及声韵、训诂、文字之学，是一位大师级的学术奇才。杭大古籍所首任所座姜公亮夫先生乃彼之学长，据姜公助手计伟强学弟相告：朱老长期没有工作，生活清贫，性格独特，身居苏州，每来杭州，大都是为到浙图查书，总是先看望师兄，住进杭大招待所以及几天的生活费用，均是由姜师出钱命我具体操办落实的。为此会经常与朱老见面，有机会向师叔讨教学问，获益良多。印象最深的一次是，有次查书重点是冲着美术史课题来的，他跟我提到李泽厚的《美的历程》，颇不以为然，语气严厉，把我听得一愣一愣的。

这些事发生在1983至1985年之间。1985年计伟强离职别就，以后几任助手接待朱老来杭的经历，就不再一一了。

我老伴的胞妹居家苏州，那时常去走动，一住就好多天，能与涂君小马时相过从。涂君是钱仲联先生弟子，当时正在攻读博士学位，勤奋治学，还不时去上海查书。有暇时，他向我多次谈到朱丈的近况，以及他与朱的交往，他说他与朱丈接触之多恐怕没人能够超逾，朱对他的评价是神经质、有毛病。他承认，他尊崇朱丈的学识渊博，可朱虽然生活维艰，处境困难，处事却仍不拘小节，多有不合人情之处，对此涂君曾多次面刺其非，引起了朱的不满。不满归不满，却仍经常去看望与交往，并甘供其驱使，做牛马走。涂说他与朱丈来往虽非为对外炫耀，也不敢存从朱丈问学有所得之想，可多年接触，每及学术，仍常受其教导，时有闻道之乐。想对朱丈经济上有点资助，但他收入亦薄，财力有限，只能略尽绵薄而已，可朱老性情傲岸，不仅从来没有一个"谢"字，反而觉得你沾了他的光辉，是他赏了你的脸。盖其为世界公民，为名士，自不计较小节。

朱丈所居为苏州繁华之地——观前街。两层楼房而甚逼仄，儿子一家三口住楼下，丈居楼上。儿子每日供应晚餐，早中餐则由丈自负。丈之夫人乃以纺织为业，吴江人，很久以前即居吴江，与丈几无联系。盖因丈之性格，连家人也不喜之故也。涂君早闻传言其女已嫁，丈忽以久不见其女为怪。涂告之曰："女已出嫁。"朱大怒，以其竟然不知也。

前后听到计、涂两位的话，心中难过，如此奇才，一无工作，令人难安，就想尽己所能，为先生找点合适的事情，既可以为国家有所贡献，又能得点报酬，以改善生活，岂非两利之举。为此，与本校杭大历史系主任杨树标教授商谈此事，杨是识才之士，我的考虑是先请朱丈定期来杭大讲学，如效果好则尽量通过学校争取礼聘为教授。蒙杨兄慨允，窃遂告知苏州，由涂君为中介，请树标兄亲赴苏州与朱丈面晤。两人谈得颇为愉快，朱老高兴地接受了聘书，答应在身体允许的情况下来杭讲学，希望每月补贴的一百元，每学年分上下学期集中两次支付，不必每月寄来，只希望讲学报酬另计，讲课听众不可多，时间不要过长，以每课不超过半小时为限，中间要有休息时间，还希望有个头衔如"顾问"之类的，凡此种种可请系里来人商谈。这事是1995年3到6月间发生的，商谈意见不合，未能达成一致，只好作罢，朱丈也就不干了。此事我只能算个中介，事未办成，虽非己之过，可总感遗憾，竟然还能受到朱老的赞誉，能不既惊疑又惭愧？

建所初期参与集体古籍整理项目的
一些回忆

1983 年春建所初期，短时间内还没有专职行政和资料人员，所里除平慧善副座、张金泉支书外，我最年轻（也已五十有六），除参与招考培养研究生、开设课程外，还先后去上海、南京、扬州、苏州（上海外，其他三地均是 1984 年 9 月间我与金达胜同志一起去的，一路上受到他诸多照料，感念至今）为所里采购古旧书籍。曾和学校图书馆商定，落实订购若干港台版中国古籍以及有关研究专著，同时还落实了向北京中国书店、光华出版社订购古书一批。

1983 年 6 月 16 至 21 日，与平副座和中文系总支书记李行同志（他另有事，提前回杭）一起陪同教育部章学新处长去浙图、宁波天一阁和绍兴等处参观访问。在天一阁，与单位负责人士和专业人员座谈，建立了所、阁之间的联系。此行，受到学校党委黄逸宾书记的重视、关心和协助，说起来让人感动。事情是这样的。去宁波前已和校办联系好按时派车到专家楼接章去城站乘火车。平和我提前到达，一等再等，车子不到，眼看时间紧迫，急得一筹莫展，不远处看见黄书记专车已到他家门口，两人一商量，副座立即跑了过去，讲明情况，书记马上让车，连说客人要紧，你们要紧，别管我，我再想办法。黄是前任绍兴地委书记，事前他还给地委办公室负责人打过招呼，写过便条，嘱托在住行等问题上尽量照顾，使三人一行，访问绍兴、兰亭时受到上规格的接待，轿车一直是地委派的。

同年10月19日至11月9日，带领所长姜亮公亲自主持授课的敦煌讲习班学员和三位系、所的年青同志，经郑州，去敦煌千佛洞参观与考察。

以上这些，算是我那时的本职工作吧。此

外，记得还做了若干事务性的工作，姑举两例以明之：1983年5月间接待北大周祖谟教授夫妇，迎来送返，落实宾馆，购买回京卧铺，财务报销，陪同出访，一应事务，尽量周全。再如1984年2月份，虽已有行政人员，但有些事他办不了，只好我跑前跑后，几次去省府、省机关事务管理局联系4月份在杭召开全国高校古籍研究所所长会议的食宿安排问题，费尽心力，结果只解决了"主任"一人，造成了会议诸多不便。会议期间，也参与做了一些接待和会务事情。

谈到建所初期集体项目，首先要说的是，自己曾以教师的身份，根据所里要求，提出并草拟编辑各类古籍序跋之设想与规划，记得沈凤笙先生也曾拟定《续经苑》目录，均未采纳，就不必再提了。以具体落实的两个项目而言：

一、孙诒让遗书的整理与研究

早在古籍所的筹建过程中，学校三位筹办

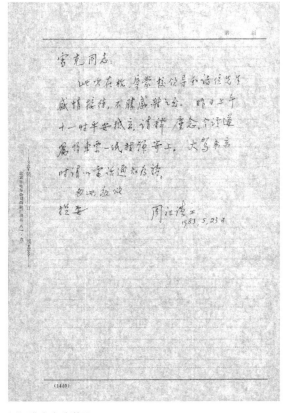

周祖谟先生致谢函

人，林琼同志（红军时期干部，校科研处负责人），历史系徐絜民教授，以及姜公助手张金泉先生，就从北京高校古委会带回了这个项目。以窃之见，这是很自然的。瑞安孙家玉海楼藏书，特别是籀庼公之稿本，批校、题识本，不下百余种，解放前已入藏浙大，解放后1952年院系调整转入本校图书馆，并已有专刊《孙诒让研究》和辑校专著即将问世，自有全面落实这个项目的优势，为学术界所公认。建所后经所长姜亮公同意，把这项任务交我具体操办。在平副座的一力支持下，我立即着手，于1983年4月份起草孙诒让遗著的整理与研究计划，包括拟目、整理方法、标点使用、时间要求等等。七八月份间，和所内外各位先生分别协商，各自承担了整理任务。经与省古籍出版社商讨，最后确定由齐鲁书社印行。期间，曾和平副座共同接待为此事专程来杭的书社有关负责人黄毓麟、张继溱两位先生，陪同参观了馆藏玉海楼藏书，确认各著的影印、辑录、校点等办法。

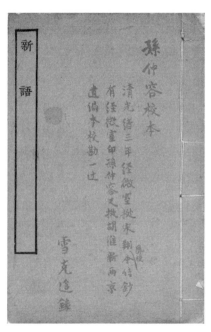

四部丛刊本《新语》，雪克过录孙诒让校语
封面

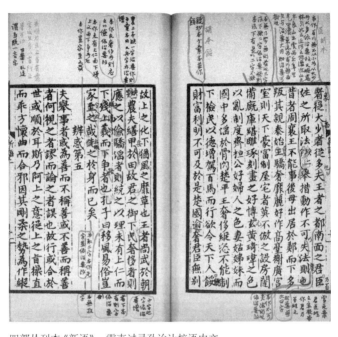

四部丛刊本《新语》，雪克过录孙诒让校语内文

9月间，受所长姜公委派赴沪，与华东师大幼和戴家祥教授谈孙著整理事宜，听取意见。姜、戴二公，同出清华研究院四大导师门下，戴公平易近人，对后学小辈毫无架子，真知灼见，娓娓道来，大家风范，实获我心。不觉间已近十二点，一再留饭，力辞不果，师母下厨，端上汤面，同桌共享，边吃边谈，心里暖暖的，毫不拘束。蒙允理董籀公代表作《名原》，得悉公早年即为该著补字四百有余，补字初校本一向在业师陈寅恪先生处，后寄存同门秉南蒋天枢教授收藏。放下饭碗，就匆匆由西向北，绕了半个大上海，赶往复旦大学，受到蒋公热情接待，终于在仅容一床的阁楼的床底下觅得此本。不敢拖延，马上赶回师大，天已黑了下来，才算舒了一口气。此情此景，至今仍历历在目。后经戴公据补字本，复相勘核，重加校点，详撰《书后》交代原委，很快交出了定稿，得以在1986年出书。

姜公在孙著整理出版问题上，花费了不少

心血，亲笔为各书题写了书名；《栔文举例》本由云从蒋礼鸿教授承担，后因故未能如愿，由姜公出面改请历史系楼学礼先生落实，终于在1993年底顺利出版。十年间，齐鲁先后出版了《十三经注疏校记》、《籀庼遗著辑存》、《大戴礼记斠补　附尚书骈枝　周书斠补　九旗古谊述》四合一书、《札迻》、《名原》、《栔文举例》六书，其余未能交稿者，由于众所周知的经济原因（办所初期，尚无项目专项经费补贴出版社），也就不愿再印行了，成了个半拉子工程。

二、陈汉章遗著的整理与研究

解放初期，象山陈氏的大部分遗书、遗著，就已由浙江图书馆收藏。先生为近代驰名经学、历史学家，治学广及四部，推重汉儒高密郑氏，长于经史考据，兼综汉宋而不偏于一家。嗜藏书、读书，著作等身，大量批校、题识本不计，专书、专撰，多系未刊稿本。这份宝贵遗

籀廎述林

姜亮夫先生
题写的书名

周易乾鑿度殷術

商周金文拾遺

商周彝器釋文

漢晉經籍錄目

产，当时由古史学家夏定宇先生管理，我有幸经瞿禅夏承焘师介绍而得识前辈学人，得到了不少指导与阅读的方便。那时，这批藏书尚未分类编目，大都堆放于一室间，两年下来，节假日、暇时，寒冬酷暑，风雨无阻，日积月累，读了若干稿本，尽量作了些札记，移录了数种批校识语。有了这段经历，深感旧学不旧，令人起敬，自然产生了理董这批遗产的愿望。直到1983年建所后，才有机会把设想向凤笙先生请教，得到他的支持后，即向所里提出，所长亮公深然之，当即委派我着手进行。这已是1984年二三月份的事了。为此，曾会同沈公去浙图查阅各类稿本专撰，先后三次择其要者选定复印了四十多种。当时这批遗书已属善本特藏，费用不菲，所里每年仅有五万元的拨款，略无其他收入，称得上是尽力而为了。接下去就是向浙江古籍出版社和浙江图书馆联系整理出版之事。在此基础上，由我为所里起草了整理规划。今天看来，这仅是个规模有限的选编，

湖山感旧录

资料只据浙图所藏，从全集角度而言，省内外各地特别是先哲家乡象山等收藏尚多，连浙图所藏，已刊和未刊，字数当在千万以上。再说1984年的规划，浙古明确规定了整理体例、字体以及标点符号使用等。所里要求，以沈凤笙文倬先生、刘肇薰操南先生和我三人先行一步，取得经验，然后再全面推进。经商量，沈、刘两公年长，承担任务少于我。据此：1.沈公自认《周易古注兼义》、《周易杂说》两著。2.刘公自认《诗学发微》、《公羊旧疏考证》、《古微书补遗》三著。3.我承担《周礼孙疏校补》、《论语徵知录》、《孔贾经疏异同评》、《续评》、《老子本证》、《汉书古今人表补考》、《周书后案》、《孔子弟子传后录》、《明农考》九著。三人任务均先后如期完成，经出版社初审，认为整理体例有异，不统一，发回修改，当即将所有稿件送交所长姜公审处，历时甚久，未见回复，不便多问，遂将稿件取了回去自行处理。这个项目也就作罢。白费精力，可谓胎死腹中。

往事种种，尽上心头，本文所述，限于1984年前。这些经历，多有当时个人记录为据，但毕竟时日过久，年老体衰，思路不清，特别是有些单凭记忆说的话，未敢自必，怕有差错。虽然个人所作所为无足轻重，谈不上价值，仍免不了怀着尊重和敬畏历史的心情，切望得到知情者的纠谬、匡正。

2013 年 3 月 5 日

附录 南下纪事

1949年初，解放战争节节胜利，国民党退守长江以南，负隅顽抗，解放军乘胜追击，正待渡江。党中央号召："打过长江去，解放全中国。"应形势发展的需要，急需大批干部随军南下，开辟新区工作。中共华东局派工作队进驻华大。华大校部号召全体同学发扬五四爱国主义精神，接受革命考验，为中华民族作出贡献。全校第一批一千五百多男女师生，怀着为国家为民族的豪情，响应党的号召，意气风发，斗志昂扬地报名走上南下征程。

1949年2月22日

下午四时，华东大学教育学院、社会科学院、文学院及预科部报名南下的五百多人，背着背包，排起长队，从各院、部住地前往济南火车站。沿路两边站满了欢送的人群，彩旗招展，锣鼓喧天，口号呼声此起彼伏，在站台上举行了简单而隆重的欢送会。韦悫校长代表华大留校同学及全体教职员工，热烈欢送华大参加南下的同学，他说："同学们响应党中央、毛主席'将革命进行到底'、'打过长江去，解放全中国'的伟大号召，这种革命精神值得学习和发扬光大。希望大家在各种岗位上，努力工作。"张勃川副校长代表学校宣布："同学们在校课程暂停，保留学籍，两年后仍可回校学习，家庭享受军属待遇。"他勉励大家："参加实际革命斗争，无论何时何地都要虚心学习，忠于祖国，忠于党，忠于人民！"最后，带领同学一起南下的社科院赵平生教授讲话，强调："学问不只是从书本上得来，更重要的是从实践锻炼中取得。"傍晚六点，站台上父母含泪送儿女，情人挽臂送情人。在一派激情洋溢、嘹亮雄壮的歌声中，全体南下同学乘上880号货车辞别父老兄弟、亲朋师友离开济南。

2月23日

经过兖州。八点二十分到滕县北之界河，为防国民党飞机空袭，火车暂停前进，全体同学分队下车隐蔽休息。这里曾是淮海战役战场，铁路沟沿和坡野里还残留着战壕掩体的痕迹，敌人丢弃的败絮、血衣，随着寒风与枯枝落叶一齐狼藉飘动。

下午四时，继续乘车前进，五点五十分，车抵临城站。全体下车。此时天色近晚，山影迷蒙，四野空旷，透着料峭春寒，在苍茫的暮色中，队伍走进了当年铁道游击队活动的地方。当晚宿于车站东北三华里许的西仓村。当地百姓衣衫褴褛，面黄肌瘦，住着低矮的土墙草顶小屋，吃的是掺糠的高粱窝头。正值青黄不接的春季，更兼连年战争，人民生活极端困难。我们在街上开饭，许多小孩聚拢围观，同学们把吃的东西分给他们点，孩子们高兴地拿着跑回家——老百姓太苦了，他们殷切盼望全国解放，国家强大，人民富足，过上幸福的日子。

2月24日

鲁中南区党委组织部长刘子正同志宣布："从今天起你们并入中共中央华东局鲁中南党校，为一个大队，大队下设中队、分队、组。"中队以上领导干部都是中共华东局派来的同志。

2月25日

放假一天。大家分头给房东挑水、扫院子；有的洗衣服，有的去临城赶集、购物。

2月26日

上午，大队长周航在西仓大屋里作动员学习报告。同学们对国民党真假和谈展开激烈辩论。大家一致表示要学好政策，树立革命的人生观，将革命进行到底。

2月27日

上午，各中队成立墙报委员会，发动写稿。下午五时许，在西仓村前广场上开联欢会。地上筑一个土台子，柱上挂两盏汽灯，中共中央华东局鲁中南地区党委宣传部长金韬同志到会讲话。他说:"中国人民解放军即将渡江南下,江南人民尚在水深火热之中,盼望我们去解放。华大同学参加解放军南下,我代表鲁中南党委欢迎你们投身到实现解放全中国的光荣斗争中。华大同学多来自城市,原党校的同志多来自农村,华大同学文化高些,农村同志实践经验多些,大家要取长补短,互相学习,互相帮助,团结一致,共同进步,打败敌人。"金部长还在会上讲起了辽沈、平津、淮海三大战役后的国内形势。

晚上演出秧歌舞、双簧、活报剧等文娱节目,李惠源同志唱的《白毛女》插曲《北风吹》,华大同学任桂珍唱的《南泥湾》,尤获好评。还有《吴孟强送鸡》、《朱大嫂送鸡蛋》、《兄妹支前》、《兄妹开荒》、《蒋匪帮一团糟》和其他短小精干的节目,演唱得十分精彩,人心振奋,台上台下一片欢腾。

2月28日

大队宣布实行伙食账目公开、经济公开及

卫生注意事项。

2月29日至3月2日

在驻地学习新区工作政策。

3月3日

学习党的群众路线和工作方法，并分组讨论。

3月4日

上午继续学习文件，下午开生活检讨会，各人自谈近来学习心得、思想活动、生活表现，开展批评与自我批评。

3月5日

以分队为单位，全体同学去临城火车站搬运粮食。

3月6日

继续分组讨论文件。

3月7日

大队迁到刘村。这是一个大村，有集市，有土围子和护村小楼。村东有山，山下流着清澈的河水，河滩上梨花正开，蜜蜂飞舞，遍野透着香气，杨柳正抽绿芽，鸟儿在枝间鸣啼……景色秀丽，春意盎然。

大队部宣布学习计划：一、城市政策；二、支前工作；三、新解放区政策。计划学习两星期。

3月8日

从今天起，编制为中国人民解放军南下干部纵队第一支队青年大队（另外胶东干部为二支队，渤海干部为三支队，三个支队共八千人）。一支队下设十个大队，一至九大队由九个地委组成。华东大学同学为第十大队，谷扩如为十大队政委，全队在驻地学习《城市政策》：一、为什么要学习城市政策；二、城市的特点；三、对城市中各阶层的态度；四、接收城市的基本原则和方针；五、几个具体政策。

3月9日

发草绿色的粗布单军衣和黑字白底红边的"中国人民解放军"胸章。

发津贴费，每人北海币七千五百元。下午

各中队选举俱乐部委员，共选五人。

3月10日

讨论城市政策：各按系统，原封不动，维持现状，逐步改造。

3月11日

继续讨论。

3月12日

谷扩如政委传达《新区支前工作》：一、支前工作与新区工作；二、我们在什么条件下支前，应注意什么问题；三、解决粮食、燃料是第一件大事；四、人力组织与人力负担问题；五、交通问题；六、货币问题；七、城市支前工作；八、利用新区保、甲长问题；九、通过新区支前发动群众问题。

3月13日至3月15日

分组讨论新区支前工作报告。

3月16日

谷扩如政委报告：一、为什么改变先农村后城市的政策为先城市后农村的方式；二、到城市后依靠哪些基本群众；三、城市中的组织机构与领导问题；四、接收城市的方针与方法。

3月17日

谷扩如政委做学习总结，他着重讲了：一、这次学习的主要特点；二、学习的收获；三、学习中的几个问题等。

3月18日至3月19日

讨论总结报告。

3月20日、21日

学习《怎样分析阶级》。

3月22日、23日

学习《关于土改斗争中的一些问题的决定》。

3月24日

谷扩如政委报告《新区农村工作》：一、江南新区主要特点；二、军队过江后可能遇到的情况与共产党解放军的任务；三、初到新区首先要解决的几个问题；四、在新区进行农村工作应注意的几个问题。

3月25日

分组讨论《新区农村工作》。

3月26日

谷政委报告学习计划：一、学习的目的；二、学习内容与重点。

3月27日

以中队为单位进行讨论，大会中心发言，内容是：一、新区的特点；二、部队过江后可能遇到的三种情况与我们的三种对策；三、过江后首先应做哪些工作，为什么？各组推选中心发言人。

3月28日

进行学习测验。

3月29日

宣布南下行军编制：中国人民解放军南下干部纵队第一支队司令员汪东国，支队共分五个梯队，华大同学是四梯队青年大队，政委谷扩如，大队长周航，副大队长（兼政治主任）为红军干部李明德。周航大队长宣布行军计划，要求服从命令，严守纪律，吃苦耐劳，加强团结，互相帮助，每一个同志都能胜利到达目的地。华明德副大队长讲解行军常识，走路、打背包、防空、饮食、着装、胸章佩戴以及穿鞋、坐车、行动要迅速敏捷等等。之后，练习打背包，打鞋绊，练习行军，规定每⋯⋯

按：此处铅印缺一行。

3月30日

上午六时起床，打好背包，九时接行军命令，十时四十五分从刘村出发，十二时半到达临城火车站，按队、组分别登乘敞篷运煤列车，下午四时开车南行，六时二十分至徐州站下车稍息，八时继续乘车转向陇海路东去。是时，风雨大作，全队人员一无遮拦伫立车上，衣衫湿透，寒气袭人，但是大家情绪高涨，热血澎湃，一路引吭高歌：向前、向前、向前！抒发出一往无前的革命豪情。

3月31日

经过一夜暴雨浸泡，在凛冽的寒风中，列

车驰经烽烟初熄的淮海战场——碾庄。一路断墙残垣，景象萧索，令人感慨万千，大家决心献身全国解放事业，为革命贡献一切。拂晓四时五十分到达新安镇，下车整队。六时许，往南行军五里至老庄一带几个村子宿营。

4月1日至2日

天气晴朗，春光明媚，初登征程的疲惫顿时消除，大家到沭河洗衣沐浴，欢欣雀跃。这两天，全队休整待命。这一带荒漠穷困，春寒难耐，老百姓家家休闲无事，都倚靠墙根晒太阳取暖。为了表达对共产党、解放军的爱戴，有位老人用一支破旧的胡琴拉起秧歌调，引动大家跳起了秧歌舞，直到夕阳西下。

发第二套黄色细布单军衣。

4月3日

上午八时由老庄沿沭河向南行军。十一时四十五分抵八户村少息，下午三时抵高流。吃午饭后五时许出发，再行十五华里涉沙河，晚八时十分至北曹村宿营。日行七十里。

4月4日

上午八时三十分出发，经阴平镇、庙头，十二时三十分在黄庄喝稀饭，途经下河桥，行三里到沭阳县城，下午四时三十分住西关宣义镇。日行五十里。两天行军，许多人脚底磨出了水泡，入夜，以火烧针尖刺破水泡作应急治理。

4月5日

原地休息。

4月6日

上午七时三十分，走十里街出东门沿沭河南下，至玉龙庄休息，过沭河桥，经河东乡、十字桥、新河桥至耿庄，吃玉米饼。下午四时抵花庄，住两境村。日行四十五里。

4月7日

晨六时四十五分，自花庄出发，行十五里乘摆渡过六渡河。经桥庄、胡集、钱集、丁钱村，夜宿钱家。日行七十里，全天只吃一顿饭。

4月8日

因防空袭，上午原地休息，下午二时三十

分出发，沿田埂地阡行军，过大运河桥，从淮阴北关进城，正是"料峭风寒三月期，淮阴驻脚日偏西。连年战乱萧条市，古岸运河帆影稀"。出城沿运河大堤东南行，过板闸至河下镇宿营，时已过夜十二时二十分，日行七十余里。

4月9日

原地休息，改善生活，吃红烧肉、大米饭，听说有人竟吃了六碗。动员轻装，许多同学将原发的棉军衣抽去棉花拆洗，抽出棉被中一些棉花送给当地老乡。

4月10日至12日

休息，去淮安城观光。入夜，运河大堤上，炮车隆隆，通宵达旦，渡江战役刻在眉睫。

4月13日

下午三时许出发，穿过淮安城、关家堡、小平桥，下大堤东行至小柳村宿营。日行四十余里。

4月15日

下午四时许出发，经宝应县城垣，至汜水镇宿营。日行四十余里。有同学不虑声韵，随口吟出"平畴八百日兼程，数日连行过宝应。不见湖边鱼上市，烟尘满目兵车行"的句子，以抒情怀。

4月16日

下午三时三十分，沿运河朝东南方向前进，过界首镇、马棚湾，下大堤沿田埂地阡步行八里至黄四村宿营，时已凌晨一时十分。日行七十余里。该村属高邮县马棚区庆成乡。

4月17日、18日

阴雨，在黄四村学习，休整待命。补充部分步枪。

4月19日

召开第二阶段行军总结会，总结自河下镇至黄四村一段行军情况。进行考试测验。

4月20日

在原地学习，待命。国民党南京政府拒不签字，和谈破裂。半夜起，远方炮声隆隆，渡江战役开始。是日，中共鲁中南区党委宣传部林乎加部长在驻地村边树林丛中做《关于阶级社会几个基本问题》的报告。

4月21日

中国人民解放军第二、三野战军百万雄师渡江。林乎加部长做《中国革命与中国共产党》辅导报告，他说，毛主席发表此文已十多年，整个精神未变，但形势已经有很大发展，前锋部队已胜利渡过长江，蒋家王朝即将覆灭。要求大家抓紧时间，努力学习入城政策，做好接管工作。

4月22日

原地学习中央《向全国进军的命令》。

4月23日

林乎加报告《为革命胜利而奋斗，从革命斗争中改造自己》。下午讨论。

中国人民解放军解放南京、镇江、芜湖。

4月24日

李明德讲关于急行军的问题。

4月25日

讨论林乎加和李明德的报告。

4月26日

学习中国人民解放军《约法八章》。

4月27日

清晨集合传达急行军命令。接着，从黄四村出发，中午至高邮城吃饭，稍息后，行军至二十里堡以南十五里的徐金镇马家庄宿营。日行八十里。

4月28日

由马家庄出发至邵伯镇，吃午饭，继行至仙女庙宿营。日行八十里。晚上吃芹菜猪肉饺子，有人笑着说："八路吃饺子，要打仗了。"

4月29日

冒雨由仙女庙出发，穿过扬州城郊，直达江边，欲渡无船，宿营无地，折返三十里路，夜宿扬州东郊村落。

4月30日

凌晨四时，紧急集合，冒雨行军，晨七时再次到北岸六圩渡口，江上蒙蒙一片，不见一艘船只，江岸空旷沉寂，略无声息。此刻，宿雨未停，全身淋透，肚内空空，无物充饥，直到中午渡船犹未到来。雨稍停，敌机突然掠空扫射，大队人马隐蔽在岸坡下静候。下午四时机拖船一到，马上上船，直向对岸驶去。浪高流急，江风阵阵，敌机窜来，当头盘旋，领导指挥若定，大家处惊不乱，一小时后，安抵南岸，船靠镇江码头。这时，天色昏暗，大雨倾盆，大家兴奋异常，全然忘记了饥寒，昂首高歌，穿过市区，在市郊一监狱少息（为避空袭，市军管会不准过往部队停留市区），继续冒雨行军。公路两侧数十里大小村庄，住满了过往部队。一路南行，军车辚辚，战马萧萧，我们的队伍和三野七兵团向上海挺进的主力部队并肩前进，互致问候，虽素不相识，一声"同志"却胜似亲人。夜黑雨急，道路泥泞，更兼整日粒米未进，大家已是疲惫不堪，连赶四十余里到达丹徒，聚集破庙，暂作歇息，领导宣布：分队、分组在附近村落，自寻农家煮炊、宿夜，并强调：征米必须开具证明，日后可以充抵公粮。当时有打油诗道:"受命渡江待岸边,朦胧夜色过金山。天沉更遇滂沱雨,夜暗风急侵肤寒。雨泻征程泥泞路,空肠尽日辘轳转。栖身破庙四更过,靠背驱寒起雷鼾。"

5月1日

从丹徒启程往丹阳进发,路上又遇国民党飞机,一声令下,大家卧倒麦田隐蔽,突见镇江方向浓烟冒起,传是油库被炸。下午到达新丰附近大塘村。在大塘村小学,谷扩如政委传达《华东局关于接管江南城市的指示(草案)》:一、对新解放的五万人口以上的城市实行军事管制;二、军管会的任务;三、入城守则十条;四、具体政策十一项。

5月2日、3日

学习讨论《华东局关于接管江南城市的指示(草案)》。

(华大同学在江苏丹阳被分成若干部分:分别留苏南和去上海、浙江、福建等新区参加接管工作。)

5月4日

下午二时，由大塘村出发，沿途群众夹道欢呼。因靠近前线，为防空袭，每人都头戴柳条圈，背包插柳条伪装。行军途中，林乎加骑马赶到，紧急传达野司谭震林副政委电令，宣布杭州已于5月3日解放，命令大队星夜赶到杭州，接管城市，做好工作。大队当即从新丰站乘火车冒雨前进，至望亭下车，步行至界首宿营。

5月5日

行军至苏州郊区，遭敌机扫射，大家隐蔽在麦垄沟中。下午在苏州运河上动员民船，改乘汽拖船沿运河急驶。

5月6日

天亮，在江苏吴江县震泽上岸做饭，白天隐蔽竹林、桑园中，天黑登船急驶，至吴兴县菱湖镇停船，在桑园里做饭，遭散兵游勇袭击。大家镇静自若，不为所动，一面做好战斗准备，一面继续行驶。

　　　　　　　　　湖山感旧录

5月7日

到杭县塘栖镇上岸休息，傍晚继续前进，天黑到达杭州拱宸桥上岸，在杭县县政府宿营待命。

5月8日

领导宣布：为适应新区工作需要，大家可以改用新名，不少同学当即登记改名。到浙江的约四百人（四个中队），百名同学分配至杭州市军管会各部门，另外三百名左右同学分配到本省各地区。

5月9日

同学们怀着无限的革命激情，以初生牛犊不怕虎的劲头，走上各自岗位，在老同志带领下投入杭州及地、市、县的接管工作。

据当年担任中国人民解放军华东军区杭州市军事管制委员会副主任的谭启龙同志在1999年9月写的《接管杭州的最初日子》中回忆："当时我们的困难，是干部太少。接管这样一个有五十余万人口的省会城市，只有四百多名干部。"华东大学同学南下留杭工作的有百余名，约占当时在杭南下干部的四分之一。随军南下到浙江的八千名干部中，华大同学有四百人，也占了百分之五。可以说，在浙江新政权的建立中，华大同学是作出了自己的贡献的。

这份日记，是我与少波、雪帆二兄共同整理而成的，"前记"由我执笔写定。曾在南下同学间传阅，征求意见，并呈老院长黄源师审阅通过，已可称信史矣。

岁月匆匆，杭城解放已六十三个年头了。每睹斯编，往事片段，仍时现心头。艰苦行军，渡江风雨，件件桩桩，印象显明，神驰不已。

　　　雪克识于壬辰立夏前，时年八十有六

据佩云兄回忆，"四百人"应为"六百人"之数，共五个中队，每队约一百二十人。雪克识。2019年3月，时年九十有二。

南下各部，人数众多，分散宿营。本文仅就亲历者忆述如上，不能代表全局情况，特此说明。雪克又识。

雪克散篇文章目录

宋希於 整理

1.《谈屈原是否变法——读〈读屈原作品〉后》，载《文学遗产增刊》一辑，《文学遗产》编辑部编，1955年9月版。

2.《关于元杂剧的贬曹倾向——兼和景孤血同志商榷》，载《杭州大学学报》1959年第3期"中国语文专号（一）"。

3.《谈〈煮酒论英雄〉的艺术加工和艺术成就》，载《东海》1960年第3期。

4.《〈经迻〉辑稿（诗经部分)》，载《杭州大学学报》(人文科学版）1962年第1期。

5.《孙籀廎校〈山海经〉错简例》，载《杭州大学学报》(人文科学版）1962年第2期。

6.《谈〈群英会蒋干中计〉》，载《东海》1962年第8期。

7.《台湾〈中文大辞典〉讹误举例》，载《杭州大学学报》（哲学社会科学版）1981年第4期。

8.《杭大藏孙诒让〈经迻〉稿本略说》，载《杭州大学学报》（哲学社会科学版）1982年第3期。

9.《雪克同志的来信》，载《山东大学校史资料》第四期，山东大学校史编写组编，1982年12月版。

10.《孙诒让读书札记汇辑》，载《中国历史文献研究集刊》第三集，中国历史文献研究会编，岳麓书社1983年2月版。

11.《籀庼遗著四种校点前记》（附：《尚书骈枝》校点稿），载《杭州大学学报》（哲学社会科学版）1984年增刊。

12.《史迁是否见过淮南王书的疑问》，载《杭州大学学报》（哲学社会科学版）1984年增刊。

13.《孙诒让〈札迻〉校点前记》，载《杭州大学学报》（哲学社会科学版）1987年第1期。

14.《马王堆西汉帛画"非衣"说质疑》，载《浙江学刊》1988年第1期。

15.《公羊传诂类录》，载《文史新探》，杭州大学古籍研究所编，上海社会科学院出版社1988年2月版。

16.《孙诒让学术要著述略》，载《孙诒让纪念论文集》，《温州师范学院学报》1988年增刊。后收入《雪泥鸿爪：浙江大学古籍研究所建所二十周年纪念文集》，浙江大学古籍研究所编，中华书局2003年8月版。

17.《〈籀庼读书录〉续辑》，载《杭州大学学报》（哲学社会科学版）1988年第4期。

18.《〈周礼〉四时之田考》，载《古文献研究》，《北方论丛》编辑部1989年6月版。

19.《回顾与思考点滴》，载《峥嵘岁月》，张乐岭、高忠汉、陈崇斌主编，山东大学出版社1991年9月版。

20.《孙诒让》，载《中国古代语言学家评传》，吉常宏、王佩增编，山东教育出版社1992年10月版。

21.《读书偶记》，载《杭州大学学报》（哲学社会科学版）1992年第1期。

22.《编者叙意》，载《胡朴安学术论著》，雪克编校，浙江人民出版社1998年6月版。

23.《玉海楼藏书与孙诒让全集的编纂》，载《孙诒让研究论文集》，中国训诂学研究会主编，百花洲文艺出版社2007年12月版。

24.《忆往与怀念——我心目中的任心叔先生》，载《文心梅韵：任铭善先生纪念集》，杭州市政协文史委员会编，杭州出版社2014年11月版。

25.《对〈校刊〉和〈学报〉创始时期工作的一些回忆》，载《文心梅韵：任铭善先生纪念集》，杭州市政协文史委员会编，杭州出版社2014年11月版。

26.《雪克来函》，载《企霞百年》，陈恭怀主编，宁波出版社2014年12月版。

27.《忆侯官严不党先生》，载《掌故》第一集，中华书局2016年6月版。

28.《在夏瞿禅承焘先生身边的岁月》，载

《掌故》第二集，中华书局2017年4月版。

29.《往事已矣　记忆留痕——重读戴幼和家祥先生尺牍后》，载《掌故》第三集，中华书局2018年1月版。

30.《怀念胡宛春、王驾吾二先生》，载《掌故》第五集，中华书局2019年10月版。

31.《买书记往》，载《掌故》第六集，中华书局2020年8月版。

32.《沈文倬、钱南扬、朱季海——"引进人才"的往事》，载《掌故》第七集，中华书局2020年8月版。

编后记

　　这本小书收录了爷爷的一部分散文随笔。有些篇章曾先后刊载于《掌故》丛刊，或在各种场合发表、宣读过。另一些文字，则是从他的笔记本、草稿纸和陈年复印件中一一移录出来的，写作之日，未必打算公之于世，只是出于对师长或往事的追念之情。故此各篇内容偶或有些重复，毕竟他本来没有预想过这样一个小集。

　　庚子年初，爷爷生了一场大病，鲐背之年，病去如抽丝。在他漫长的恢复期里，我录入了这些文稿，找到了一些图片，整理了属于他的故人书简，直至最后将稿件交给编辑。作出结集出版的决定，当然经过他自己与所有家人的同意。既然写故事、讲故事，曾给他平淡的暮年生活增添许多快乐，那么，把故事编成书，于他便有一份喜悦，于我则能稍稍感到心安。

即使在"量化考核"以前的时代，大学教授仍要写论文，也不免撰有导读、赏析之类普及文章。但他从来没有对我谈论过那些作品，只是一再提起各种写人、记事的片段，问我形容是否恰切，文气是否连贯，包袱有没有抖响。事物的意义总是由人赋予的。我和他一样，心里的天平都向"当下"倾斜。往古先贤，总有人谈论；眼前的人和事，一代人不讲，便不免烟消云散。记忆当然靠不住，但有一定胜于无。

作者的记忆，停留在每一个旧故事的尾声里。我的记忆，大约会让这部书的出版历程，他日成为一个新故事。在那遥远的他日之前，应当及时向每一位重要的师长和友朋致谢：

《掌故》执行主编严晓星先生，提出了编选本书的建议。宋希於先生帮助收集了许多资料，并编辑了爷爷的著述目录。蒋礼鸿、盛静霞两位先生之子蒋遂老师，提供了大量图片。素昧平生的赵统先生，慨然帮助拍摄了一些书影。
本书编辑李世文老师，为书稿一再费心劳神。
中华书局执行董事徐俊先生，俯允出版。

感谢所有家人，以无尽的耐心照护爷爷。

感谢缘分让雪克成为我爷爷。

陆蓓容